Rafael Arozarena • Der Reiher und das Veilchen

Rafael Arozarena

Der Reiher und das Veilchen

Erzählung aus Teneriffa

Aus dem Spanischen von
Gerta Neuroth

HORLEMANN

Deutsche Originalausgabe

Originaltitel:
La garza y la violeta

Aus dem Spanischen von Gerta Neuroth

Umschlaggestaltung unter Verwendung eines Bildes von
Silvia von Samson,
Santa Cruz,
Teneriffa

Bitte fordern Sie unser aktuelles Gesamtverzeichnis an:

Horlemann Verlag
Postfach 1307
D-53583 Bad Honnef
Telefax +49 (0) 22 24 / 54 29
E-Mail: info@horlemann-verlag.de
www.horlemann-verlag.de

Der Reiher und das Veilchen

1 Eins

ALS DER GONG ZUM UNTERRICHT RIEF, erreichte Victor das Schultor. Er eilte ins zweite Stockwerk, indem er immer zwei Marmorstufen auf einmal nahm, und es gelang ihm, den Naturkunderaum zu betreten, bevor der Lehrer mit Blick auf die Uhr befahl, die Tür zu schließen.

Als ob sie sich abgesprochen hätten, nahmen die Schüler dieselben Plätze wie im Vorjahr ein, und Victor setzte sich schnell an sein Doppelpult am Fenster vor die Mauernische, wo sich die Vogelsammlung befand.

Der Naturkunderaum war so etwas wie ein Paradies, in dem Victor lustvoll seine Gedanken schweifen ließ; sie wanderten zwischen seltsamen Gegenständen und Tieren umher, die in den großen Glaskästen zur Schau gestellt waren und als pädagogisches Anschauungsmaterial dienten.

Hier war alles zur Naturgeschichte der Insel zusammengetragen. Es gab reichlich schwarze und rote Steine, die aus dem geheimnisvollen Erdinneren kamen, wo Victor sich die Hölle vorstellte.

Die Meereswelt war üppig vertreten mit einer Vielfalt schöner Schnecken, Perlmuttmuscheln, Seesternen und verästelten Korallenbäumchen, roten und gelben.

Was aber Victor am stärksten beeindruckte, war die große Zahl der unterschiedlichsten ausgestopften Vögel, die ihren Platz in der Hauptvitrine hatten.

Von den hier versammelten Vögeln bevorzugte Victor den weißen Kuhreiher, ein wunderschönes Exemplar mit langen Beinen und schlankem Hals, ein Vogel, der durch seine Größe und Eleganz auffiel.

Victor erinnerte sich, wie Kuhreiher irgendwann im Jahr das Tal überflogen hatten. Sie hatten sich einige Tage im flachen Wasser erholt und waren dann mit langsamem Flügelschlag in nördlicher Richtung verschwunden. Nie war es ihm gelungen, sie aus der Nähe zu beobachten. Deshalb konnte er sich jetzt, wo er ein Exemplar direkt neben sich hatte, nicht satt daran sehen und bewunderte seine Größe und Schönheit.

Das war einer der Gründe, weshalb Victor sich jenen Platz im Naturkunderaum ausgesucht hatte. Im letzten Schuljahr hatte er hier am liebsten gesessen, denn vom Fenster aus öffnete sich ihm der herrliche Blick auf sein Heimattal und den großen Vulkan der Insel, da oben in den Wolken, eine geheimnisvolle gläserne Pyramide, die für Victor wie der unerreichbare Turm eines verzauberten Schlosses war.

Zuweilen musste er in die Wirklichkeit zurückgeholt und seiner Versunkenheit entrissen werden, denn er war wie abwesend und träumte von großen Abenteuern, wobei er in seiner Fantasie bis zum Gipfel jenes riesigen, eindrucksvollen Berges kletterte.

„Du bist in den Wolken, Victor", sagte der Lehrer dann freundlich zu ihm.

Und Victor hätte ihm gerne geantwortet: „Ich bin noch viel höher, Herr Lehrer."

Aber außer dem Kuhreiher und dem gläsernen Vulkan hatte Victor noch einen anderen Grund, sich auf seinem Platz wohl zu fühlen. Denn neben ihm saß Maggie, ein rothaariges Mädchen mit kleinen grünen Augen, die wie Olivinsteinchen blitzten. Maggie war die beste Schülerin der Klasse. Im vergangenen Schuljahr hatte sie in allen Fächern mit Auszeichnung abgeschnitten. Victor war glücklich, sie als Freundin zu haben, denn sie war immer freundlich zu ihm und half ihm bei so manchem Problem oder erlaubte ihm, bei den Prüfungen abzuschreiben. Zwischen Victor und Maggie hatte sich eine richtige Freundschaft entwickelt, die im ersten Jahr der Oberstufe begonnen hatte und sich nicht nur auf die Schule beschränkte. Heute, am ersten Tag des neuen Schuljahrs, war Victor tief enttäuscht, als er sah, dass der Sitz seiner Freundin leer war. Auf dem Pultdeckel las er den Namen, den er selbst mit seinem Federmesser eingeritzt hatte: Maggie.

Für Victor hatte sich dieser Name in ein Zauberwort verwandelt, eine Art Talisman, der ihn in die Welt der süßesten Träume versetzen konnte. Es genügte, wenn er ein paar Minuten lang den Namen betrachtete, und es wuchsen ihm Flügel. Als ob er eine Traumbrille trüge. Maggie. Victor hatte sie mit seinem Federmesser in den Stämmen des Lorbeerwaldes hoch über dem Tal, in den Lavasteinen der Schlucht und den breiten Blättern der Bananenstauden verewigt. Auch auf dem Feldweg, der zur Schule hinaufführte, konnte man immer wieder Maggies Namen lesen, gemalt von Victors Finger. Für die Bewohner des Tales war dieses Wort, das ihnen überall begegnete, ohne jedes Interesse. Einige vermuteten, dass die ständige Wiederholung des ausländischen Namens nichts weiter als das Werk eines Irren wäre. Andere meinten, Maggie sei die Marke eines neuen Verkaufsartikels, der im Tal eingeführt werden sollte.

Nur Maggie selbst, das rothaarige Mädchen mit den grünen Augen, glaubte, dass Victor ihr mit diesen Buchstaben auf nette Art seine Freundschaft anbieten wollte.

Der erste Schultag erwies sich als nicht so fröhlich und interessant, wie Victor ihn sich vorgestellt hatte. Den ganzen Morgen über erschien ihm das Klassenzimmer dunkel, ungemütlich und kalt. Die Abwesenheit seiner kleinen Freundin Maggie war aber nicht der einzige Grund, weswegen er traurig war. Das Wetter war schuld an seinem Trübsinn, der verflixte Herbst, der sich ins Tal geschlichen hatte und bereits begann, Kastanien und Kirschbäume zu entlauben und Stämme und Äste schwarz zu färben, bis sie schließlich wie die Skelette großer Spinnen wirkten, die am Rand des Weges aus dem Nebel traten. Die Passatwinde schoben die Wolken vor sich her, die sich wie große Viehherden aus Watte im Innern des Bergkessels zusammenballten; tagelang versank das Tal in einem melancholischen Schatten aus Grautönen, als ob der Bauch eines riesigen Esels über ihm lastete.

Die Wolkenmassen streiften das große Fenster des Klassenzimmers und ließen die Landschaft verschwinden, die Victor soviel Ablenkung verschaffte. Jetzt konnte er weder durch die Scheibe hindurch auf die verlockenden bewaldeten Hänge noch auf den herrlichen gläsernen Vulkan sehen, der ihm immer die schönsten Träume bescherte.

An seinem ersten Unterrichtstag verbrachte der Lehrer keine Glanzleistung. Er verzichtete auf jene meisterhafte Redekunst, an die sich die Schüler noch vom Vorjahr erinnerten und beschränkte sich darauf, das Unterrichtsprogramm zu umreißen.

„Im letzten Jahr war die Botanik unser Thema, im neuen Kurs werden wir uns mit dem Studium der Zoologie beschäftigen", schloss er lustlos.

Victor meinte, der Lehrer sei alt geworden. Seine Haare waren jetzt weißer, der Rücken ein wenig gekrümmt, die Brillengläser dicker, und die Stimme hörte sich irgendwie müde an.

Als Victor das Wort Zoologie hörte, stellte er sich vor, wie sich die großen Scheiben der Vitrinen weit öffneten und wie die Vögel, zu neuem Leben erwacht, zwischen den Händen der Schüler, die sie wieder einfangen wollten, hin- und herflatterten. Aufgeregt kreischend verlangten sie ihre Freiheit zurück, bis der Lehrer befahl, alle Fenster zu öffnen und die Vögel überstürzt der Schule entflohen, worauf sie den ganzen Morgen über dem Dorf kreisten und dann, auf der Suche nach ihren alten Niststätten, auf den Lorbeerwald zusteuerten. Ein paar Spatzen fanden Schutz im Innern der hölzernen Wasserspeier alter Gebäude, andere versteckten sich unter den Dachziegeln. Die Raben nahmen wieder ihre Plätze in den Dachluken der Klöster ein, und eine große Eule ließ sich im Glockenturm der Dorfkirche nieder. So verfügte das Dorf wieder über die gesamte Zahl seiner geflügelten Bewohner, die vor achtzig Jahren verschwunden waren.

Victor fühlte, wie er durch die Luft befördert wurde, eingebettet in schwirrende bunte Flügel, die wie eine niedrig ziehende Wolke durch die abschüssigen Straßen des Dorfes glitten und schließlich in einem Regenvorhang verschwanden.

„Hast du dir weh getan?“

Die Frage kam von einem großen Vogel, der wie ein Turmfalke aussah.

Victor hatte sich an Ellbogen und Knien verletzt. Er stand auf und versuchte, die Zähne zusammenzubeißen und die blutenden Schrammen zu übersehen.

„Nicht der Rede wert; es tut nicht weh“, log er und sammelte die Bücher ein, die aus seiner Schultasche gefallen waren und verstreut auf der Straße lagen.

„Die Schüler stürzen ja aus der Schule wie ein Schwarm wild gewordener Vögel! Du kamst richtig durch die Luft geflogen, du hättest dich mit diesem Sturz umbringen können!“

„Es ist nichts; es tut nicht weh“, wiederholte Victor.

Plötzlich wurde der Regen stärker, und sie mussten sich in den düsteren Torbogen eines alten Gebäudes flüchten, das unbewohnt schien.

Der Mann war groß und schlank und hatte ein knochiges Gesicht und eine Hakennase; sein Kopf klein und rund, das Haar schütter und wirr. Die ganze Gestalt erinnerte an einen stolzen Vogel, eben einen Turmfalken. Sogar in seiner Kleidung glich er dem Vogel, denn er trug einen zimtfarbenen Anzug, alt und im wahrsten Sinne fadenscheinig, und darüber einen dunklen Umhang. Victor mußte nicht nur wegen seiner gelben Stiefel an einen Falken denken, sondern auch wegen des durchdringenden Blickes, der aus einem großen Auge mit rotem Saum kam und ihn offenbar hypnotisieren wollte. Nur ein Auge, denn das andere schien unter einer bläulichen Wolke erloschen.

„Wie heißt du?“, fragte der Mann mit der Vogelgestalt.

„Victor“, antwortete der Junge.

„Victor? Sonst nichts?“

„Victor Santos Santos.“

Und er fügte hinzu: „Zu Diensten, wenn‘s Gott gefällt.“

„Das hört sich schon besser an. Man merkt, dass du gut erzogen bist“, meinte der Mann zustimmend. „Du musst zu den Santos gehören, die an der Küste wohnten.“

Schweigend sahen sie dem Regen zu.

„Hast du schon mal was von Doña Inesita Rosa gehört?“

„Das ist meine Großmutter“, sagte Victor, ohne im geringsten erstaunt zu sein.

„Lebt sie noch?“

„Ja.“

„Sie muss ganz schön alt sein.“

„Ja, sie ist alt, aber sie lebt noch.“

Der Mann guckte nun sanfter mit seinem Falkenauge. Eine ganze Weile dachte er nach, und jetzt schien es Victor, als betrachtete er ihn aufmerksamer mit dem linken Auge, dem mit der blauen Wolke, und es war, als ob es dort drinnen, auf dem Grunde des Auges, auch regnete.

„Inesita Rosa war ein sehr schönes Kind!“, rief der Mann, als ob er aus einem kurzen Traum erwachte. Und er fuhr fort: „Da ist viel heruntergekommen.“

Als der Platzregen nachließ, verließ Victor seinen Platz unter dem Torbogen. Kaum war er ein paar Schritte die Straße hinuntergegangen, hörte er, wie der Mann hinter ihm her rief: „Pass gut auf und grüß mir deine Großmutter!“

Und dann ergänzte er: „Sag ihr, dass die Grüße von Nemesio Pío kommen!"

Nachdem der Regen aufgehört hatte, stieg aus den Straßen des Dorfes, kalt und die Sicht verschleiernd wie feine Gaze, ein leichter Nebel auf, durch den hindurch Victor die dunklen Umrisse der beiden Zypressen erkannte, die den Weg zum Friedhof kennzeichneten. Als er an ihnen vorbeikam, überlief ihn ein Schauer, und wieder lief er wie besessen, bis er den Kirchplatz erreichte, wo er eine Weile stehen blieb und der großen Glocke oben im Turm zusah, wie sie für die Toten läutete.

Als er zu Hause ankam, war er vollkommen durchnässt und zitterte vor Kälte.

„Wie siehst du denn aus!", rief die Großmutter entsetzt, denn Victor tropfte nur so. „Geh ins Badezimmer, trockne dir den Kopf ab und zieh dich um! Du wirst dir eine Lungenentzündung holen!"

Victor nieste dreimal hintereinander.

„Siehst du? Du kriegst eine Lungenentzündung!", wiederholte die Großmutter.

Die Küche war sehr eng, und kaum passte der kleine Tisch an das Fenster, vor dem Victors Vater den ganzen Tag verbrachte und hinausschaute. Wenn es nicht neblig war oder regnete, verwandelte sich das Küchenfenster in ein schönes Bild mit grün-goldenen Höhenzügen, aus denen der große kristallene Berg aufragte, der vor dem blauen Himmel wie ein riesiger Diamant schimmerte und funkelte. Victor dachte, das Betrachten dieser prächtigen Landschaft sei Grund genug, dass sein Vater das ganze Leben in sich versunken vor dem Fenster verbrächte. Die Küche war der angenehmste Raum der Wohnung, denn der kleine Salon und die beiden Schlafzimmer lagen im Innenbereich und waren immer dunkel und ein bisschen verlassen. Möbel gab es nur wenige; sie waren alt und einfach, und auf den Beistelltischen und Wandborden standen Heiligenfiguren mit traurigen Augen. In jedem Zimmer hatte die Großmutter einen Eukalyptuszweig aufgehängt, denn der Duft des Eukalyptus war, wie sie sagte, gut gegen Husten und vertrieb die Fliegen. Nicht so in der Küche. Dort hängte die Großmutter Zweiglein aus Majoran und Thymian auf, und so war auch bei geschlossenem Fenster immer die Nähe des Feldes zu spüren.

In dieser bescheidenen Wohnung gab es nicht eine einzige Blume. Victor erinnerte sich häufig an die beiden blauen, mit großen Rosen bemalten Vasen, ein Hochzeitsgeschenk für seine Mutter. Die schönen Krüge wurden in der Truhe aus Zedernholz aufbewahrt, und sie waren mit Sorgfalt in den Hochzeitsschleier der Mutter eingeschlagen.

Man kann nicht sagen, dass die Großmutter keine Blumen mochte, aber seit man ihr einen Strauß mit vier Lilien geschenkt und der ganze Körper vom bloßen Ansehen sich mit roten Flecken überzogen hatte, als ob sie wieder Masern bekäme, seitdem hatte sie so ihre Vorbehalte. Der Arzt sagte, es sei eine Allergie, eine durch den Blütenstaub hervorgerufene Vergiftung, aber davon wollte die Großmutter nichts wissen, vielmehr könne sie keine toten Blumen ertragen und habe beim Anblick der wunderschönen weißen Lilien, die ihr wie vier gemeuchelte Täubchen erschienen, einen Wutanfall bekommen.

Victor dachte, die Großmutter habe wohl ihre Gründe, denn immer hatten sie, als sie noch im Besitz der Bananenpflanzung waren, auf dem Land gelebt, in einem kleinen Haus, das von allen nur erdenklichen Blumen umgeben war, die sie hingebungsvoll pflegte und die niemals bei ihr Niesen oder Quaddeln erzeugt hatten.

„Lebende Blumen! Und was für eine Menge schöner Blumen hatten wir!“, rief sie manchmal.

Auch Victor erinnerte sich daran: vor allem an die Hortensienbüsche in Himmelblau und die vielen gelben und roten Dahlien. Wie ein Wald begann hinter dem Garten die Bananenpflanzung. Dort hatte Victor die schönsten Tage seiner Kindheit verbracht, in einer Art Traumparadies, das von Schmetterlingen, Vögeln und blauen Eidechsen bewohnt war. Sein feines Naturempfinden hatte hier seinen Ursprung, eine Empfindsamkeit, die ihn jetzt angesichts der öden vier Wände traurig stimmte. Sein Vater hatte die neue Wohnung gekauft, als er sich von der Landarbeit zurückgezogen hatte.

Victor nahm am Tisch Platz, seinem Vater gegenüber, und die Großmutter reichte ihm einen Teller mit Reis und Bohnen.

„Großmutter, wie hast du noch mal dieses Gericht genannt?“

„Mauren und Christen.“

„Ach ja“, sagte Victor. „Das andere mochte ich lieber.“

„Welches meinst du?“

„Das mit Spiegelei und gebratener Banane.“

„Das war Reis auf kubanische Art.“

„Genau so. Das hast du schon lange nicht mehr gemacht.“

„Stimmt“, seufzte die Alte. „Damals hatten wir noch Bananen und Hühner.“

Wie immer blieb Victors Vater stumm. Er hielt ein Glas Rotwein in der Hand und ließ es langsam kreisen. Er nahm einen Schluck und starrte weiter durch das Fenster. Einen Augenblick lang wurde der Nebel schwächer, ein Sonnenstrahl entflammte das Weinglas, und Victor musste an eine Mohnblüte denken, die sein Vater unermüdlich streichelte. Eine Blume, die die Küche einen Augenblick zum Leuchten brachte. Auch stellte er sich vor, das Weinglas sei eine kleine Laterne, die seinem Vater den Weg wies durch den dichten Nebel der Vergangenheit.

Am Samstagnachmittag ging Victor meist aus und schlenderte in der Umgebung des Gutes umher, wobei er manchmal bis zum Rand des Lorbeerwaldes vordrang, oder er stieg zur Küste hinab, um dem Schauspiel der Brandung zuzusehen. An diesem Nachmittag musste er im Haus bleiben, denn es hörte nicht auf zu regnen, und es war kalt und so dunkel, dass er aus freien Stücken im Schutz der vier Wände blieb und der Großmutter half, Linsen zu lesen. Währenddessen erzählte sie ihm von früher, und Victor hörte mit Vergnügen zu, denn immer brachten diese Erzählungen Licht in die Geheimnisse alter Familiengeschichten, die er wegen seines Alters nur gerüchteweise kannte.

Von Zeit zu Zeit hörte man Glockengeläut.

„Es wird wohl den ganzen Monat läuten", sagte die Großmutter und scharrte wie ein Huhn in den Linsen.

„Warum läutet es so?", fragte Victor.

„Es läutet für die Verstorbenen."

„Für welche Verstorbenen?"

„Für alle. Wir sollen an sie denken und für sie beten. Bei jedem zehnten Glockenschlag verlässt ein Toter den Friedhof."

Der Vater wandte den Blick vom Fenster und nahm noch einen Schluck.

„Erzählt dem Jungen nicht solche Sachen, Mutter“, sagte er.

„Warum nicht? Er ist alt genug für so was.“

„Was Ihr da redet, ist dummes Geschwätz.“

„Es ist kein dummes Geschwätz“, protestierte die Großmutter. „Der Junge will immer erzählt haben, und ich sage ihm, was ich weiß.“

„Wenn Ihr ihm weiter solches Zeug beibringt, jagt Ihr ihm Angst ein, und er kann die Nacht nicht schlafen“, bemerkte der Mann. Dann versank er wieder in seinen Gedanken und starrte durch das Fenster.

Victor fürchtete, die Großmutter könne aufhören und ermunterte sie fortzufahren.

„Gib nichts drum, Großmutter. Ich bin kein Kind mehr und habe keine Angst vor den Toten.“

„Dafür gibt‘s auch keinen Grund. Du musst für sie beten, und du wirst schon sehen, wie gut dir das tut. Sie fügen niemandem ein Leid zu, die Armen.“

„Großmutter“, sagte Victor plötzlich, „wenn ich für meine Mutter bete und zehn Glockenschläge abwarte, kann sie dann den Friedhof verlassen?“

Ein paar Minuten lang gab die Großmutter keine Antwort. Schließlich sagte sie mit leiser Stimme: „Deine Mutter ist nicht auf dem Friedhof.“

Victor wusste es. Verschiedentlich schon hatte er davon gehört, wenn sich die Familie unterhielt, empfand aber eine seltsame, krankhafte Gier, die Großmutter erzählen zu hören.

„Wieso nicht…?“

Die Großmutter antwortete im Flüsterton: „Deine Mutter ist im gläsernen Berg. Sie wurde von einer Schneelawine begraben. Als es geschah, warst du erst drei Jahre alt. Du kannst dich nicht mehr an sie erinnern, nicht wahr?“

„Nein; das einzige Bild, das ich von ihr habe, ist die vergrößerte Fotografie im Wohnzimmer. Hat sie in diesem Kleid geheiratet?“

„Ja, sie trägt ihr Brautkleid. Sie war ein sehr schönes Mädchen.“

„Auch du warst sehr schön, Großmutter.“

„Du kannst das doch nicht wissen.“

„Und ob. Ein Vöglein sagte es mir.“

„Ein Vöglein?“, fragte die Alte geschmeichelt. „Was erzählst du da für Dummheiten!“

„Also, so eine Art Turmfalke. Er bestellte mir Grüße für dich. Er heißt Nemesio.“

„Nemesio?“

„Ja. Nemesio Pío“, versicherte Victor.

Die Großmutter scharrte nun nicht mehr in den Linsen. Ihre Hand hing untätig in der Luft; sie kniff die Augen zusammen, um in ihren Erinnerungen zu forschen. Der Kopf zitterte ihr, als ob sie die Bilder, die ihr ins Gedächtnis kamen, nicht wahrhaben wollte.

„Das kann nicht sein…, kann nicht sein…“, wisperte sie vor sich hin.

Schließlich erklärte sie: „Das kann nicht sein. Nemesio Pío ist schon lange tot. Er war Unteroffizier im Heer und beging Fahnenflucht. Wir hatten ihn auf der Finca versteckt. Eines Tages kamen Soldaten und suchten ihn; er versuchte, durch die Bananenplantage zu entkommen, aber sie schossen auf ihn, wie man einen Hasen jagt.“

Die Alte zeigte auf ihre Augen.

„Diese Augen haben ihn gesehen!“, sagte sie, und dabei bewegte sie jetzt den Kopf von oben nach unten, wie um ihre Worte zu bestätigen. „So war es, Söhnchen. Du kannst Nemesio Pío nicht gesehen haben. Das ist unmöglich.“

Es wurde sehr früh dunkel, und das Haus füllte sich mit den stillen Schatten des verklingenden Novembernachmittags. Victor nieste mehrmals hintereinander, und eine Gänsehaut lief ihm über den ganzen Körper. Er glaubte, Fieber zu haben.

„Ich geh ins Bett, Großmutter“, verkündete er plötzlich.

Die Großmutter wühlte in der kleinen Bank. Sie stellte den Wasserkessel aufs Feuer und knipste in der Küche das Licht an. Sie ging auf Victor zu und legte ihm die Hand auf die Stirn.

„Das ist das Beste, was du tun kannst. Du wirst sonst krank“, wiederholte die Alte. „Ich mache dir einen Pfefferminztee, du legst dich hin, deckst dich gut zu, und dann wird‘s schon wieder gehen.“

Jetzt herrschte draußen vollkommene Dunkelheit. Unter dem elektrischen Licht flammte das Weinglas wieder auf, wie eine kleine rote Lampe, die der Vater immer noch in der Hand hielt. Er blieb weiterhin stumm und versuchte beharrlich, die Schwärze der Nacht zu durchdringen.

Victor und die Großmutter schliefen im selben Raum. Er mochte es, dass die Großmutter die Zimmertüren gewöhnlich offen stehen und die ganze Nacht das Licht in der Küche brennen ließ. Dadurch konnte Victor von seinem Bett aus im Wohnzimmer das große Bild seiner Mutter im Brautkleid sehen. Vor dem Einschlafen sprach er ein paar Gebete zu ihr, wie vor dem Bild einer Heiligen. Dann schloss er die Augen und träumte von Dingen, die früher einmal sehr gut Wirklichkeit hätten sein können. Er sah seine Mutter in einem wunderschönen Garten zwischen Blumenbeeten, die ein Labyrinth bildeten. Victor eilte immer wieder über neue Wege, die umsäumt waren von Hortensien- , Dahlien- und Rosenbeeten, und nie erreichte er seine Mutter, die ihm von der Mitte her mit einem bunten Taschentuch zuwinkte und lachte und lachte und ihn rief.

Von jener Samstagnacht an wurde Victors Traum zu einer anderen Geschichte.

Wenn er jetzt die Fotografie betrachtete, sah er seine Mutter im Innern einer durchsichtigen Vitrine, wie die schöne Schläferin im Märchen. So musste sie dort oben sein, immer noch jung, unversehrt unter dem feinen Schleier aus Eis, der das Gebirge bedeckte.

Hinter geschlossenen Augen bewahrte er sich dieses Bild bis weit in die Nacht hinein. Er hörte, wie jemand an sein Bett trat. Die Großmutter hatte sich schon das Nachthemd angezogen. Sie glich einem kleinen Gespenst.

„Bist du wach?“, fragte sie leise.

„Ja, Großmutter.“

„Wie fühlst du dich?“

„Gut.“

„Hör zu, Victor …, der Mann, der dir Grüße für mich aufgab… Hast du ihn deutlich gesehen?“

„Ehrlich, ganz deutlich.“

„Hast du etwas Besonderes an ihm bemerkt?“

„Ein Auge hatte einen bläulichen Schleier.“

„Welches Auge?“

„Das linke.“

„Dann war er es wohl“, sagte die Großmutter. Und sie

legte sich zufrieden ins Bett und dachte, ihr Enkel habe doch kein Märchen erzählt.

Kurz vor Tagesanbruch hörte Victor ein Schluchzen und stand auf. Er hatte sich schon an die Albträume der Alten gewöhnt.

„Großmutter, du weinst", sagte er und rüttelte sie sanft.

Sie öffnete die Augen. Ein Fünkchen Angst blieb noch zurück, ohne ganz zu erlöschen.

„Ich hab schon wieder von den Ungeheuern geträumt", erklärte sie entschuldigend.

„Was für Ungeheuer, Großmutter?"

„Die üblichen; die, welche die Bananenplantage gefressen haben."

„Du kannst ruhig sein. Diese Viecher kommen nicht zurück."

„Doch, sie kommen wieder", beharrte die Alte.

Diesmal waren es gelbe riesige Hunde, die alles Grüne im Tal fraßen. Sogar die Fenster und Türen der Häuser, die grün gestrichen waren.

„Hunde fressen so was nicht", sagte der Junge.

„Die schon, Victor! Die fraßen sogar Steine!"

Zwei

DER SONNTAGMORGEN ERSTRAHLTE in herrlichem Sonnenschein. Der Himmel war wieder türkisblau, die Farbe, für die die Insel berühmt war. In der Nacht hatte es auf den Gipfeln geschneit, und der große Berg, ganz in Weiß gehüllt, thronte über dem Tal.

Victor lief hinunter über die Straßen, die sich wie Asphaltflüsse zwischen den entlaubten Kastanien hinschlängelten, und bald schon erreichte er die Küste. Er hatte sich vorgenommen, den Tag am Strand zu verbringen, in der kleinen Bucht mit den roten Felsen, wo sein Onkel Eduardo, der Fischer, wohnte. In Wirklichkeit war der Besuch beim Onkel nicht der eigentliche Grund, weswegen Victor so oft zum Meer hinunterstieg. Oben auf den Felsen lag das Haus, in dem Maggie wohnte, das englische Mädchen, das er im letzten Schuljahr kennengelernt hatte, aber es gab noch wichtigere, geheime Gründe, die Victor sorgsam in seinem Herzen hütete.

Das Meer schlug kraftvoll gegen die Basaltfelsen, und

die Wellen überschlugen sich, wobei große Schaumflocken entstanden, die in den Farben des Regenbogens leuchteten. Victor ging über den Kieselstrand, der von einem Teppich goldener Algen bedeckt war, die stark nach Jod rochen. Er kam an verlassenen Verschlägen vorbei und wandte sich der kleinen blau gestrichenen Hütte mit der roten Tür zu. Daneben gab es einen Schuppen mit einem Dach aus Segeltuch, der als Unterstand für das Boot diente, eine alte Schute, die der Onkel gerade, als Victor ankam, mit dem Pinsel bearbeitete. Sie begrüßten sich nur flüchtig. Der Mann schien ganz in seine Arbeit versunken.

„Wollt Ihr wieder aufs Meer hinausfahren?", fragte der Junge, als er sah, dass sein Onkel vorhatte, die Bootsfarbe aufzufrischen.

„Nicht wie du denkst. Du weißt ja, dass ich schon lange nicht mehr zum Fischen fahre. Das Rheuma hält mich am Strand fest. Ich kann die Ruder nicht mehr schwingen."

„Aber Onkel, es geht Euch doch besser!"

„Nein, Junge, schlechter. Ich bin alt und enttäuscht. Und nicht nur ich; auch das Meer ist nicht mehr das, was es war, es liefert keine Fische mehr."

Er dehnte den Anstrich nun auf die Reling des Bootes aus, als ob er es liebkoste. Dann wies er mit dem Pinsel zum Horizont.

„Da draußen ist alles Öl. Das Meer ist vergiftet, und die Fische, die angeschwemmt werden, sind tot. Es tut einem weh. Schuld sind die neuen Motorschiffe", klagte er.

„Das ist der Fortschritt, Onkel", sagte Victor. „Die Zeit der Segel und der Ruder ist vorbei."

„Ruder und Segel gehörten zum Seemann, und wir störten das Meer nie", knurrte der Fischer.

Nach einer Weile fragte Victor: „Onkel, warum bestreicht Ihr das Schiff mit Teer?“

„Es ist kein Teer, es ist Farbe.“

„Streicht Ihr es ganz schwarz?“

„Ich werde ihm goldene Ringe verpassen. Was hältst du davon?“

Victor antwortete nicht sofort.

„Das wird ja wie ein Sarg aussehen!“, rief er schließlich in scherzendem Ton.

„Genau das will ich“, sagte der Onkel. „Das soll mein Sarg werden. Wenn es mir eines Tages schlecht geht, bringe ich das Boot ans Wasser, lege mich hinein und überlasse mich dem Schlaf. Die aufkommende Flut wird schon dafür sorgen, dass ich aufs Meer hinausgetragen werde. Für nichts auf der Welt möchte ich an Land bleiben!“

„Unsinn, Onkel! Ich weiß gar nicht, warum die Alten so wütend auf das Land sind. Früher war das ganz anders. Als wir noch die Bananenplantage hatten, sang mein Vater den ganzen Tag. Er besang die Erde und den Himmel, und es war wie ein Segen, der sich im ganzen Tal ausbreitete.“

„Die Plantage war ein zweites Meer“, sagte der Fischer wehmütig. „Dein Vater hatte ein grünes Meer und ich ein blaues. So hat man es uns vererbt. Auch ich sang da draußen zwischen den Möwen.“

Victor setzte sich auf einen Kürbisbaum und leistete seinem Onkel Gesellschaft. Er dachte an vergangene Zeiten, als sie noch die Finca mit den Bananen hatten und Onkel Eduardo vom Strand heraufkam und ihnen ein Dutzend Makrelen oder einen anderen leckeren Fisch mitbrachte, zum Beispiel Papageienfische, welche die Großmutter so gern mochte, oder einen Eimer voller Muscheln, die Lieblingsspeise seines Vaters. Immer hatte er für Victor eine Überraschung – Spielzeug aus dem Meer für das Kind, sagte er dann – wie Seeigelpanzer, rote Seesterne, kleine Korallenzweige oder Muscheln von unterschiedlichen Farben und Formen. Für Victor war Onkel Eduardo ein Held, eine Art Atlantikforscher, der immer die ein oder andere besondere Geschichte zu erzählen hatte, während er ihn mit Begeisterung auf die Knie hob und ihn munter traben ließ.

Zur damaligen Zeit hatten Onkel Eduardo und sein Vater große Ähnlichkeit miteinander. Beide waren groß und stark, und ihre Arme und Gesichter waren von der Sonne braun gebrannt wie Mahagoniholz. Ihre leuchtenden Augen, die in ihrer Sanftheit an Honigtropfen erinnerten, funkelten vor Lebensfreude und Arbeitslust. Für Victor waren in seiner kindlichen Fantasie die beiden Männer wie heldenhafte Soldaten, die sich täglich im Kampf gegen die Natur befanden. Er bewunderte die Gestalt seines Vaters, wenn er im Schein der Dämmerung singend aus der Bananenplantage auftauchte, das Hemd fleckig von Schweiß und dem Pflanzensaft der Bananen, Flecken wie von eingetrocknetem Blut, Pflanzenblut, das sich nicht auswaschen ließ.

Auch an Onkel Eduardo erinnerte sich Victor, wenn dieser dem Meer entstieg, über der Schulter das Netz und in der Rechten die Harpune, den Oberkörper voller schimmernder Schuppen, als ob er einen Gladiatorenpanzer aus Metall trüge.

So war es früher, in vergangenen Zeiten, als Victor kaum sechs Jahre alt war. Inzwischen hatten sich die beiden in ein Paar hagerer, schweigsamer, alter Männer verwandelt, die kein Interesse mehr am Leben hatten und sich in diese Gleichgültigkeit wie in eine Luftblase geflüchtet hatten und lächerliche Ängste hegten.

Von der glorreichen Vergangenheit zeugten nur noch ihre Hüte, Kleidungsstücke, die sie, soweit Victor sich erinnerte, nicht einmal zum Schlafen ablegten. Der Hut seines Vaters zeigte noch die dunklen Blutflecken aus den Bananenplantagen, und Onkel Eduardo trug immer noch denselben Filzhut, den das Meersalz austrocknen und zusammenschrumpfen ließ und der in der Sonne wie der Helm eines Kriegers blitzte.

„Und Tante Ambrosina?“, fragte Victor.

„Sie ist nicht hier. Vor zwei Tagen ist sie hochgegangen, zum Haus der Señora Milton.“

Señora Milton war Maggies Mutter.

„Sind sie schon da?“, erkundigte sich der Junge begierig.

„Wir haben einen Brief erhalten, in dem sie ihre Ankunft für die nächste Woche ankündigen. Deine Tante ist losgegangen, um das Haus sauber zu machen.“

Victor verbarg seine Freude, als er dies hörte und fuhr unverblümt fort: „Dieses Jahr haben sie sich Zeit gelassen. Ich dachte schon, sie kämen nicht mehr.“

„Señora Milton ist in unser Klima verliebt. Sie hasst den englischen Winter. Das hat sie immer deiner Tante Ambrosina erzählt. Deshalb hat sie die Finca deines Vaters gekauft und sich das große Haus da oben gebaut“, der Mann wies mit dem Pinsel zum Felshang.

Victor machte ein trauriges Gesicht. Nach einer Weile wollte er wissen: „Warum hat mein Vater die Finca verkauft?“

„Mit Bananen kann man nichts mehr verdienen. Dein

Vater bekam Rheuma, das ihn halb gelähmt zurückließ, und mit der Arbeit auf der Plantage war es aus. Es kam ihm zustatten, dass der Boden im Tal wegen neuer Bauvorhaben gut bezahlt wird, und er verkaufte. Mit dem Geld, das er für die Finca bekam, kaufte er diese Grabkammer, in der du jetzt lebst."

„Onkel, Ihr sagt ‚Grabkammer'?"

„Jawohl, es ist das genaue Gegenteil einer Wohnung", meinte Onkel Eduardo resigniert. „Dein Vater muss sich wie ein Toter darin vorkommen."

„Das ist er auch", sagte Victor.

„Aber die Schuld liegt nicht allein bei der Bananenplantage", fuhr der Onkel fort. „Schuld hat auch der weiße Berg; er ist Teufels Werk."

„Das dürft Ihr nicht sagen, Onkel. Ich glaube, dass der große Berg Gottes Werk ist."

„Das sieht nur an der Oberfläche so aus, wenn er sein Schneekleid trägt, im Innern aber ist er ein Vulkan, der immer noch unheilvoll glüht. Unsere Vorfahren kannten ihn gut und nannten ihn *Guayota*, was soviel wie Dämon heißt. Dein Vater weiß viel über diesen verfluchten Berg. Er weiß mehr als sonst jemand, denn viele Jahre hindurch war er Bergführer und begleitete da oben neugierige Fremde, wofür er klingende Münze erhielt. Er schlug mehr Gewinn aus dem Berg als aus der Bananenplantage, und der Berg rächte sich. Er ließ die Kälte in seine Glieder kriechen, wodurch er für den Rest des Lebens gezeichnet wurde."

„Was für eine Art Kälte?", fragte Victor und dachte an den Sarg aus Schnee, in dem seine Mutter begraben lag.

Der Mann legte den Pinsel weg und säuberte sich die Hände mit einem Bündel trockener Algen.

„Darüber sollten wir jetzt nicht sprechen", warf er ein und stand auf. „Bleibst du bei mir zum Essen?"

„Gern, Onkel. Ich geh jetzt ein bisschen ins Meer."

„Gib acht, und schwimme nicht zu weit hinaus. Die Strömung ist gefährlich."

„Ich weiß, Onkel. Ich bleibe in der Nähe des Ufers, das verspreche ich Euch."

Und Victor lief zum Wasser.

Das Meer war so frisch und angenehm, dass sich Victor fast eine Stunde in den Wellen vergnügte. Eine Zeit lang schwamm er, um zu trainieren, aber lieber noch legte er sich auf den Rücken; dann hatte er das Gefühl, als ob er in einem Garten wogender Veilchen ruhte. Er fühlte sich entspannt und trieb wie ein Korken auf den wiegenden Wellen. In dieser Lage konnte er die herrlichen glasklaren Umrisse des großen Berges sehen, und er geriet ins Träumen. Ihm fiel ein, wie der Lehrer im Botanikkurs begeistert die Schönheit der Pflanzenwelt dort oben, im höchsten Teil der Insel, beschrieben hatte. Er hatte vom großen Teide-Natterkopf gesprochen, den es in Rot und Blau gibt, vom weißen und rosa Ginster, vom Teide-Lack und den Margeriten, die nur hier vorkommen. Am meisten aber interessierte es Victor, wenn vom Veilchen die Rede war, das nur im Herzen des gläsernen Berges gedeiht. „Es ist eine kleine, schlichte Blume, die süß duftet. In größeren Höhen gibt es in Spanien keine Veilchen mehr. Dieses Veilchen ist der Traum aller Botaniker." Victor stellte sich vor, seine Mutter trüge einen Strauß davon im Ausschnitt. Konzentriert betrachtete er eine ganze Weile dieses Bild und dachte dann an Maggie. Die seltene Pflanze war der Hauptgrund, warum es zu einem schlimmen Ärger mit seiner Freundin, dem launischen englischen Mädchen, gekommen war. Der Gedanke daran verschaffte ihm Unbehagen, und er schwamm langsam zum Strand zurück.

Als er an der Hütte ankam, stellte Onkel Eduardo gerade zwei Teller aus feinem englischem Porzellan auf den Tisch. Die Teller waren schon einmal zerbrochen und wieder geklebt worden, die Ränder hatten Kerben. Victor vermutete, dass sie Señora Milton gehört hatten. Für Onkel Eduardo stellten sie einen zu großen Luxus dar, und er benutzte sie nie, aber diesmal stellte er sie auf den Tisch, seinem Neffen zu Ehren. Dann öffnete er eine Dose Ölsardinen, legte drei auf Victors Teller und nahm sich selbst eine.

„Du musst mir verzeihen", sagte der Onkel, „ich hab nur das zu essen."

Victor fühlte sich bekümmert.

„Nein, Onkel, Ihr müsst die drei Sardinen essen!", sagte er und wechselte die Teller aus. „Ich kann nicht mehr als eine. Eben habe ich zwischen den Felsen ein paar Muscheln gesammelt und sie gegessen; so roh liegen sie schwer im Magen, sie haben mir den Appetit genommen."

Onkel Eduardo wusste, dass sein Neffe log. Seit Jahren schon gab es in der Gegend hier nicht eine Muschel mehr. Die Augen wurden ihm feucht, aber er nahm das Angebot seines Neffen an.

„Weißt du, es ist eine Schande für einen Fischer. Es widerstrebt mir, im Angesicht des Meeres solche Konserven zu essen."

„Sie sind sehr gut, Onkel, und sehr nahrhaft. Das Meer erfährt nichts davon und wenn wohl, bin ich sicher, dass es Euch verzeiht", sagte der Junge, um den Alten aufzuheitern.

Schweigend begannen sie zu essen…

„Onkel, erzählt mir vom gläsernen Berg. Wart Ihr einmal dort oben?“

„Ja“, erwiderte Onkel Eduardo, „einmal bestieg ich ihn zusammen mit deinem Vater. Es war das erste und letzte Mal. Es war furchtbar. Während ich hinaufstieg, merkte ich, wie der Berg zornig wurde, mir die Kehle zuschnürte und den Atem nahm. In etwas mehr als halber Höhe hat er ein riesiges Maul mit großen durchsichtigen, spitzen Reißzähnen. Dein Vater erklärte mir, dass es die Eishöhle sei. Bis dahin gelangte ich, denn zwei Schritte weiter konnte ich nicht mehr atmen, Gesicht und Hände wurden blau, und ich bekam schreckliche Angst.“

„Es wird gesagt, dass man von einer bestimmten Höhe aus alle Inseln sehen kann, die um uns herum liegen.“

„Alle nicht; es gibt eine, die man nur vom Meer aus sieht. Es ist eine Geisterinsel, die nur der erkennt, der Seemann ist, aber nicht der, der im Gebirge wohnt.“

„Habt Ihr sie gesehen?“, wollte Victor wissen, der gespannt auf eine der fantastischen Geschichten seines Onkels Eduardo wartete.

„Ganz weit da hinten“, sagte der alte Fischer und zeigte aufs Meer, „wenn man allein mit Meer und Himmel ist. Dort hab ich sie gesehen, so wie ich dich jetzt vor mir sehe.“

„War es eine Geisterinsel?“

„Ja, sie war wie ein riesiger Fisch. Auf dem Rücken trug sie eine Einsiedelei mit einem Mönch. Ein Heiliger, der überall auf Gottes Meeren Messen liest.“

„Woher wisst Ihr das, Onkel?“

„Ein Freund von mir arbeitete als Seemann auf einem

Kabeljaufänger im Nordmeer. Er hat mir erzählt, dass er persönlich gesehen hat, wie der Mönch auf einem Walfisch die Messe las, das war vor der Küste Irlands. Es muß wohl derselbe Heilige gewesen sein, nur dass er dort San Balandrán heißt und wir ihn hier San Borondón nennen."

„Habt Ihr die Insel aus nächster Nähe gesehen?"

„Zur Stunde des Ave-Maria wollte ich gerade an Land gehen, als sich eine Wolke vom Himmel niedersenkte und sie vor meinen Augen verbarg. Zwei Tage und zwei Nächte ruderte ich durch dichten Nebel, konnte aber weder die Insel, noch den Fisch noch sonst irgendetwas finden."

„Wie schade, dass die Wolke kam und Euch die Sicht nahm!", rief der Junge, der begeistert zugehört hatte.

„Wirklich schade!", bekräftigte der Fischer. „Niemand glaubt mir, wenn ich diese Geschichte erzähle."

„Ich glaube Euch, Onkel."

„Gut so! Du weißt ja, dass die Großmutter nicht gern Ungläubige in der Familie hat."

Sie beendeten ihre Mahlzeit, und Onkel Eduardo zog seine Pfeife hervor. Während er sie anzündete, studierte Victor aufmerksam den merkwürdigen Gegenstand. Der Pfeifenkopf war geschnitzt und hatte die Form eines Frauenkopfes. Der sanft gebogene Hals glich dem Körper einer Meerjungfrau.

„Was habt Ihr für eine schöne Pfeife, Onkel!"

Der Mann nahm sie aus dem Mund und zeigte sie dem Jungen.

„Ich hab sie selbst gemacht", sagte er stolz. „Sie ist aus grauem Amber, ein Stoff, den die Wale ausstoßen. Ich hab ein Stück gefunden, das im Meer schwamm und kam auf die Idee, ihm diese Form zu geben."

„Ihr seid ein Künstler! Noch nie hab ich eine so hübsche Pfeife gesehen!“

„Wenn sie dir so gut gefällt, werde ich sie dir vermachen, wenn ich einmal sterbe.“

„Ich hab nicht vor zu rauchen.“

„Du kannst sie als Andenken an deinen Onkel Eduardo verwahren.“

„Das tue ich gern.“

Der Mann stand auf und sammelte die Teller ein.

„Darf ich spülen?“, bat Victor.

„Das ist meine Sache. Es ist nicht viel. Du könntest etwas fallen lassen, was deiner Tante nicht so angenehm wäre.“

„Dann mach ich mich jetzt auf den Weg, Onkel. In einem will ich bei Señora Milton vorbeisehen und Tante Ambrosina guten Tag sagen.“

„Tu das. Sie freut sich bestimmt, wenn sie dich sieht. Sollte sie nach mir fragen, sag ihr, dass ich wunschlos glücklich bin und dass sie unbesorgt so lange bleiben kann, wie sie Lust hat.“

Wenig später stieg Victor den schmalen Pfad bis zum höchsten Punkt an der Küste hoch, wo sich das Haus seiner Freundin Maggie befand.

Das Haus trug den Namen Villa Albion; die Buchstaben aus Eisen bildeten über der Gittertür einen Bogen, zwei steinerne Säulen flankierten den Eingang zum Garten. Heute war der Ort im Tal unter dem Namen Englischer Garten bekannt, aber früher hieß die Finca *Zu den Heiligen*, und die mächtigen, Schatten spendenden Bäume wie der üppige Indische Lorbeer, die Flamboyants, die wie große rote Sonnenschirme wirkten, oder die wunderschönen Blauschellenbäume gab es noch nicht. Auch die außerordentliche Rosensammlung der Señora Milton war noch nicht da.

Bevor Victor den wunderbaren Park betrat, wurden die Jahre seiner Kindheit wieder lebendig: Hier hatte er gelebt und war mit Vergnügen zwischen den Bananenstauden umhergelaufen und hatte sich vorgestellt, der Erforscher eines tropischen Urwalds zu sein, in dem sich die einfachen Rinnen, durch die das Wasser floss, in riesige Ströme verwandelten und die zierlichen Eidechsen gefährliche Krokodile waren. Victor hatte sich als Held in der Natur gefühlt und sich immer gewünscht, seinem Großvater zu gleichen, der, wie man ihm erzählt hatte, als Abenteurer in Kuba war, wo er große Gefahren zu bestehen und hart im Zuckerrohr gearbeitet hatte, bis er schließlich unbeschadet in die Heimat zurückgekehrt war. „Und als er hier erschien, trug er einen bunten Papagei auf der Schulter und hatte die Hände voller Goldmünzen und kaufte diese Bananenplantage und heiratete mich“, erzählte immer wieder die Großmutter.

Victor versuchte, den üppigen Garten vor sich aus seinen Augen zu verbannen und ersetzte ihn durch die Finca *Zu den Heiligen*. Er suchte in seinem Gedächtnis und erblickte wieder die Ländereien, die seiner Familie gehört hatten, das grüne Meer der Bananenstauden, die sich so gut in die Landschaft des Tals einfügten. Er dachte an einige Obstbäume, die sein Großvater dazwischen gepflanzt hatte, Bäume mit tropischen Früchten wie Papaya, Mango und Guaven, die den Großvater bestimmt an die Antilleninsel erinnerten. Zwei schlanke kanarische Palmen bezeichneten die Stelle, wo das kleine Landhaus gestanden hatte, ein bescheidenes Haus mit grüner Tür und zwei grünen Fenstern und einem mit arabischen Ziegeln gedeckten Dach. Die beiden Palmen gab es noch, aber an Stelle des einfachen Hauses befand sich jetzt das elegante Schwimmbad der Señora Milton.

Victor kamen wieder einige Szenen in den Sinn, die sich in den letzten Tagen auf der Finca *Zu den Heiligen* abgespielt hatten, und tiefe Traurigkeit überfiel ihn. Für einige Wochen verwandelte sich dieser Zipfel des Paradieses in eine Furcht einjagende Wildnis, als ob plötzlich ein schrecklicher Fluch vom Himmel gefallen wäre. Es war Regenzeit, aber das Wasser, das sonst immer als Segen Gottes betrachtet wurde, bedachte man jetzt mit Verwünschungen und Anspielungen auf das Unglück. An diesen Tagen durfte Victor nicht das Haus verlassen, und er musste sich damit zufrieden geben, durchs Fenster zu sehen; dabei zitterte er vor Kälte und einer unbestimmten Angst, die ihm in die Glieder gekrochen war. Er war noch zu sehr Kind, um das, was draußen geschah, wirklich zu verstehen, aber in seiner Fantasie wurde er Zeuge einer schrecklichen, gespenstischen Schlacht gegen die Bananenpflanzung. Die Finca wurde von einem Heer von Männern überschwemmt, die sich in Säcke hüllten und große Messer schwangen; für Victor waren sie kriegerische Mönche, die aufgebracht gegen die großen grünen Blätter der Bananenstauden vorgingen. Es schmerzte ihn, dass auch sein Vater sich an diesem Krieg beteiligte und auf der Seite derer kämpfte, die grausam die Natur zerstörten. Er hätte gerne gehabt, wenn sein Vater dafür kämpfte, die Finca zu erhalten, aber er war ja nur ein Kind und hatte nichts zu sagen; auch konnte er in keiner Weise gegen die Beschlüsse der Erwachsenen angehen.

Innen im Haus lieferte die Großmutter eine Schlacht besonderer Art, indem sie alles auf den Kopf stellte. Die Alte schien vom Teufel besessen und murmelte ununterbrochen vor sich hin, wobei sie die Tapeten von der Wand riß, die alten Vorhänge zerfetzte, die Heiligenbilder abhängte und sogar ein paar klapprige Stühle hinauswarf und im Esszimmer den großen Tisch aus Kiefernholz zerschlug. Die ganze Wäsche des Hauses füllte sie in zwei große Truhen aus Zedernholz und legte auch einige Duftäpfel hinein. Dann schloss sie zu.

„Was ist los?", fragte Victor beunruhigt.

„Wir ziehen hier weg, mein Kind!"

Und eines sonntags nachmittags, als die Sonne unterging, brachen sie auf. Victor wusste noch wie heute, dass dies einer der traurigsten Tage in seinem Leben war. In der Morgendämmerung war der Himmel grau und kalt wie Blei gewesen. Ab und zu fiel ein leichter Regen, der die Sicht auf die Finca nahm, deren Gelände sich bereits in einen Ort der Verwüstung verwandelt hatte; der Boden war eingeebnet und matschig, und große gelbe Maschinen erledigten ihr Zerstörungswerk; es waren Schaufelbagger und Straßenwalzen, die eine Woche lang die üppige Bananenpflanzung *Zu den Heiligen* einebneten.

Wegen des Sonntags wurde nicht gearbeitet, und über dem dunklen Boden voller Pfützen lastete ein Gefühl unendlicher Einsamkeit und Bedrohung. Die Maschinen standen verlassen mitten im Morast. Für Victor waren sie schreckliche Ungeheuer mit großen Kinnladen aus Stahl. Tage zuvor hatte er gesehen, wie sie arbeiteten, wie sie hin- und hereilten, Steine zermalmten und alles ausrissen, wobei sie wie wütende Drachen brüllten. Da hatte es ihm Spaß gemacht, den seltsamen Bewegungen dieser Robotertiere zuzusehen; jetzt aber, wie sie da gleichsam auf der Lauer lagen, stumm und ohne eine Bewegung, erfüllten sie ihn mit Angst.

Die Sonne war nicht zum Vorschein gekommen; der Tag zog sich allzu sehr in die Länge, und Victor langweilte sich, denn er musste unter dem Vordach aus Schilfrohr der Großmutter Gesellschaft leisten; diese hatte sich, nachdem das Haus leer geräumt und das Umzugsgepäck fertig war, im alten Liegestuhl niedergelassen, aus dem sie sich nicht mehr erhob, wobei sie zerstreut ihre Gebete murmelte und immer wieder den Rosenkranz aus Muscheln, ein Geschenk ihres Sohnes Eduardo, des Fischers, durch die Finger gleiten ließ.

Zuweilen wurden die Ländereien der Familie Santos von Regenvorhängen verdeckt; der Boden bestand nur noch aus klumpigem Lehm und erschien Victor jetzt wie ein weitläufiger Friedhof, auf dem sein Vater kam und ging, den Rücken gebeugt, den Kopf gesenkt; mit jedem Schritt begrub er eine Erinnerung an sein Leben auf der Finca, und er wollte sich alle Trauer und Freude einprägen, die die Familie Santos in diesem paradiesischen Winkel des Tales je empfunden hatte.

Es war schon spät, als das Nieseln endlich aufhörte und sich die schwarzen Wolken verflüchtigten. Die Sonne zeigte sich jetzt tief am Saum des Horizonts, wie eine große goldene Münze, und entzog sich immer mehr den Blicken, je näher sie der Erde kam.

Mit großer Wehmut erinnerte sich Victor an diese letzten Augenblicke, als sie für immer von dem Landgut Abschied nehmen mussten und die Großmutter eine Art Wutanfall bekam und zu schreien anfing und die gelben Maschinen mit Steinen bewarf, während sie ihnen alle erdenklichen Beleidigungen entgegenschleuderte und sie Höllenhunde, Mörder und verfluchtes Drecksvieh nannte. Wenig später kam ein Mann mit einem Lieferwagen, den der Vater für den Umzug bestellt hatte, und sie beluden ihn mit den vier Gepäckbündeln, die ihnen unumgänglich erschienen, und alle drängten sich neben den Fahrer ins Führerhaus. Victor reiste auf den Knien seines Vaters, und die Großmutter saß in der Mitte und hörte nicht auf zu weinen.

„Nehmt es Euch doch nicht dermaßen zu Herzen, Mutter! Ihr werdet schon sehen, wie angenehm das Leben in der Wohnung ist, die ich gekauft habe! Sie ist klein, aber sehr bequem. Ihr braucht dann nicht mehr im Wasserbecken zu waschen und auch keine Eimer voll Wasser zu schleppen oder Holz zu holen. Ihr werdet ein Badezimmer haben und eine Küche mit gekachelten Wänden."

„Und unsere Tiere?", fragte die Großmutter ängstlich.

„Mit den Tieren, das geht nicht. In einer Wohnung kann man keine Tiere halten. Ich hab sie verkauft, Mutter. Ich habe die Kuh und die Ziegen und die Hühner verkauft. Die brauchen wir nicht mehr, Mutter."

Wieder brach die alte Frau in Tränen aus.

Im Zickzack ging es im Lieferwagen bergan. In einer Kurve sah Victor in die Tiefe, und als er die Stelle fand, wo die Finca gestanden hatte, wurde er sehr traurig. Dort unten war die furchtbare Schneise zu erkennen, die in dem schönen Pflanzenteppich der Bananenplantagen entstanden war. Niemals würde Victor dieses Bild vergessen, und es tat ihm weh, dass sein Vater zu den ersten gehörte, die dieses Tal, das als eines der herrlichsten der ganzen Welt gilt, zerstört hatten.

Er erinnerte sich auch daran, wie an jenem Abend am inzwischen klaren und in der Dämmerung rotglühenden Himmel von Norden her ein weißer Reiher erschien und mit langsamen, eleganten Flügelschlägen auf den großen gläsernen Berg zuflog.

3 Drei

VICTOR VERSUCHTE, nicht mehr an die Finca *Zu den Heiligen* zu denken, durchschritt das Gittertor und betrat den Park der Señora Milton. Der große Indische Lorbeerbaum stammte noch aus Victors Kindertagen; man hatte ihn wegen seines wohltuenden Schattens behalten. Unter dem dichten Blätterdach pflegte Señora Milton ihren Tee zu trinken. Victor erinnerte sich an seinen ersten Besuch im Englischen Garten, als Maggie ihn vor zwei Jahren ihrer Mutter vorstellte. Ganz deutlich sah er die schlanke Dame im Tenniskleid vor sich – Minirock mit ärmellosem Oberteil –, wie sie ihm die Hand zum Kuss entgegenstreckte, wobei sie in charmantem Ton rief: „Ich freue mich, Sie kennenzulernen, junger Mann."

Für einen Augenblick hatte Victor die Szene seiner ersten Begegnung mit Señora Milton wieder ganz klar vor Augen. Damals war der Garten besonders prächtig. Der Rasen war sorgfältig geschnitten, und die liebevoll gepflegten Blumen erfreuten mit ihren vielfältigen Farben und Formen.

Immer wenn Victor sich irgendeine Begegnung mit

Maggies Mutter vorstellte, hatte er das Gefühl, in eine Art Trance zu verfallen, und er wusste nicht, ob besondere Freude oder unerklärliche Traurigkeit diesen Zustand hervorrief. Er liebte es, jedes Treffen mit Señora Milton im Geist vorbeiziehen zu lassen, und es gelang ihm ohne weiteres, den Film seines Gedächtnisses anzuhalten, um nach eigenem Gutdünken die schönsten Augenblicke noch einmal zu erleben. So lebte die Bewegung jenes Nachmittags wieder auf, als er im Schatten des Lorbeerbaums verlegen die parfümierte Hand der eleganten Dame küsste und diese ihn mit einem freundlichen Blick aus veilchenblauen Augen willkommen hieß. Er dachte auch daran, wie wohlwollend Señora Milton ihm zugelächelt hatte, als ihre Tochter ihr erklärte, warum Victor im Park sei.

„Mama, das ist ein Klassenkamerad von mir. Wir sollen die Pflanzenwelt der Insel erkunden, und Victor wollte mir ein paar Blumen bringen."

Ohne lange zu überlegen überreichte Victor Maggies Mutter einen Strauß aus Zistrosen und Rainfarn, was ihn schrecklich aus der Fassung brachte.

An dieser Stelle riss der Film, und Victor spazierte wieder langsam durch den herrlichen Park, der jetzt zur Herbstzeit sein fröhliches Leuchten verloren hatte. Alles war von kalter, klebriger Nässe durchtränkt. In den Beeten verfaulten die Rosensträucher, und die Blumen lagen, verwelkt und vergessen, auf dem Boden. Wie Arme klagender Geisterwesen, so streckten die Bäume ihre nackten schwarzen Äste aus. Überall trockene Blätter, die einen großen roten Teppich bildeten, auf dem Victor verwundert und zögernd einen Fuß vor den anderen setzte. Er war erstaunt, dass sich der Park so kurz vor Señora Miltons Rückkehr in einem solch erbärmlich ungepflegten Zustand befand. In böser Vorahnung lief er zu den Zypressenhecken, die den Tennisplatz markierten, und erschrak zutiefst, denn das Feld war nicht bespielt worden. Der Boden hatte Risse bekommen, und aus den tiefen Spalten wuchsen stachelige Disteln und Kriechwurzeln, die das Gelände wie fette, ineinander verschlungene Reptilien durchschlängelten. Große Zementplatten waren abgesunken oder hatten sich gehoben, als ob es ein Erdbeben gegeben hätte. Victor wollte seinen Augen nicht trauen, als er diesen unbegreiflichen Zerfall an einem Ort wahrnahm, der für Señora Milton, Maggie Milton, *das* Tennisass Europas, wie ein heiliger Tempel gewesen war.

Victor saß am Rande des verwahrlosten Tennisplatzes und konnte nur mühsam einen plötzlichen Schluchzer unterdrücken. Durch seine Tränen hindurch erschienen die glücklichen Augenblicke vergangener Zeiten. Wie im Zeitlupentempo bewegte sich Señora Milton elegant auf dem Spielfeld. Mit großem Geschick handhabte sie den Tennisschläger, und ihr Körper beschrieb die hübschesten Figuren, als ob die geschmeidigen Arme und die schlanken Beine dem Rhythmus eines anmutigen Balletts gehorchten.

Auch sich selbst sah Victor, wie er gegen Señora Milton spielte; sie war so überrascht über seine unvermuteten Fähigkeiten, die er für diesen Sport an den Tag legte, dass sie sich ihm als Lehrerin anbot, wobei sie ihm versicherte, er könne eines Tages ein berühmter Tennisstar werden.

Es geschah rein zufällig. Eines nachmittags, zu Beginn seiner Freundschaft mit der englischen Familie, hatte ihn die kleine Maggie eingeladen, bei einem Trainingsspiel ihrer Mutter mitzumachen, und Victor war selbst erstaunt, als er sah, wie gut ihm das Spiel gelang. Seine Füße liefen, als ob sie Flügel hätten, und seine Arme waren so behende und bewegten sich so flink, dass Señora Milton voraussagte, sie habe den Ausnahmefall eines Wunderkindes vor sich, das eine außerordentliche Begabung für den Tennissport besitze.

„Ich mache aus dir ein Tennisass", hatte Maggies Mutter gesagt und ihm begeistert die Stirn geküsst. Von da an unterzogen sich Victor und die Europameisterin täglich einem strengen Training. Beide glichen bald schlanken Athleten mit Muskeln aus Stahl, und reflexartig gingen sie derartig geschickt mit dem Schläger um, dass keiner auch nur eine Partie verlor. Diese Perfektion hatte etwas Magisches. Man brauchte sie nur auf dem Spielfeld zu beobachten, und schon hatte man den Eindruck, ihr Spiel werde von übernatürlichen Kräften gesteuert, als ob ein merkwürdiger Zauber ihnen ermöglichte, zur selben Zeit an zwei unterschiedlichen Punkten des Platzes zu sein oder leicht wie eine Feder die höchsten Bälle zu treffen. Victor fühlte sich von Señora Miltons eleganter Geschmeidigkeit wie hypnotisiert. In der Tat bewegte Victor sich während des Spiels wie von selbst, denn seine Aufmerksamkeit war völlig von der Schönheit seiner Gegenspielerin gefesselt, von der Anmut ihres elastischen Körpers, dem einer Tänzerin nicht unähnlich, der ihm mit seinen kunstvollen Bewegungen offensichtlich eine geheime Botschaft vermitteln wollte, die er aber nie zu ergründen vermochte.

Als er sich von jenem verlassenen Ort des Parks trennte, lastete eine schreckliche Beklemmung auf seiner Brust, die ihm den Atem nahm. Er trocknete die Tränen und ging auf die Hintertür des Hauses zu, und während er einen langen Gang durcheilte, rief er nach seiner Tante Ambrosina.

„Ich bin im silbernen Salon!“, rief die Frau, als sie ihn hörte.

Sie stand auf einer Leiter, um an die obersten Fächer des Schrankes zu kommen, wo in Reih und Glied die großen Pokale, die Teller und Figuren standen, die zur in zahlreichen Wettkämpfen gewonnenen Trophäensammlung der Señora Milton gehörten.

Als er den prächtigen Raum betrat, eilte er sofort seiner Tante Ambrosina zu Hilfe, die in diesem Augenblick vorsichtig die gefährlichen Stufen hinabstieg, in den Händen den Hauptpokal, den großen Pokal von England, den Señora Milton in Wimbledon gewonnen hatte.

„Laßt mich Euch helfen, Tante! Der Pokal ist schwer!“

Um nicht auszurutschen, überlegte Tante Ambrosina genau, wohin sie ihre Füße setzte. Auf der untersten Stufe übergab sie den Pokal ihrem Neffen. Victor umfing das Objekt seiner Träume mit beiden Armen.

„Er ist herrlich!“, rief er.

„Er ist sehr kostbar, er ist ganz aus Silber“, sagte seine Tante.

„Mehr als das!“, Victors Begeisterung war wie ein Schrei. „Er ist eine Trophäe!“

„Eine Trophäe? Was ist das?“, fragte Tante Ambrosina.

„Es ist der Preis, mit dem man den Sieger nach einer Schlacht ehrt.“

„Ein Preis, das verstehe ich. Señora Milton hat den Pokal bei einem Tennisspiel gewonnen. Sie hat es mir erzählt und mir sogar ein Foto gezeigt, auf dem sie ihn in Empfang nimmt. Außerdem sagte sie mir, dass du, wenn du erwachsen wärest, viele solcher Preise gewinnen würdest."

„Das könnte möglich sein", erwiderte Victor und stellte den Pokal auf das Bord vor dem großen Fenster, damit er blitzte wie Gold, das von der untergehenden Sonne beschienen wird.

Durch die Scheibe fiel sein Blick auf das Spielfeld. Victor versuchte sich vorzustellen, der Platz befände sich in gutem Zustand und Señora Milton trainierte gerade ihre Beine. Diese Illusion heraufzubeschwören bereitete ihm keinerlei Mühe, denn ein schöner Reiher hatte sich in diesem Augenblick dort niedergelassen und stolzierte mit langen Schritten über den aufgegebenen Platz. Es machte ihm Spaß, den schlanken Vogel mit Señora Milton zu vergleichen. Auch der ausgestopfte Vogel in der Schule ließ ihn immer von der englischen Dame träumen.

Er empfand plötzlich eine tiefe Traurigkeit, als er merkte, dass alles reine Einbildung war, ein Trugbild, das dem Bedürfnis entsprang, Señora Milton wirklich zu sehen, ihre aufmunternden Worte zu hören und Trost zu suchen in den herzlichen, geheimnisvollen Blicken ihrer veilchenblauen Augen.

„Es ist schon merkwürdig, dass man dem Gärtner nichts gesagt hat. Der Park ist völlig verwahrlost, das Feld unbespielbar", bemerkte Victor unzufrieden.

Tante Ambrosina fing an, eine gravierte Schale zu putzen, ein in einem kleineren Wettbewerb gewonnener Preis. Sie vernahm die Worte ihres Neffen und versuchte, das Thema zu wechseln.

„Bleibst du über Nacht hier?", fragte sie.

„Ja, gern", antwortete Victor ungezwungen.

„Und die Schule? Morgen ist Montag."

„Ich werde früh aufstehen. Der Unterricht beginnt um neun Uhr."

„Sie werden dich zu Hause vermissen."

„Ich hab der Großmutter gesagt, ich wollte dich besuchen. Sie wissen, dass ich hier bin."

„Ich hab nicht gern, wenn du ihnen Sorgen bereitest. Sie sind in ihrer Wohnung doch sehr allein!"

„Vater und Großmutter sind sehr tapfer."

„Das kann man wohl sagen", bestätigte Tante Ambrosina. „Das müssen sie auch sein, wenn sie in diesem Käfig überleben und nicht vor Traurigkeit sterben wollen! Wenn du wüsstest, was die Santos für fröhliche Leute waren!"

Victor setzte sich neben seine Tante und nahm sich den großen Pokal vor.

„Erzähl mir von meiner Mutter", bat er.

Tante Ambrosina seufzte. Ihr Blick verlor sich in den Tiefen der Vergangenheit.

„An dieser Stelle, wo wir jetzt sitzen, war früher eine Lichtung zwischen den Bananenstauden, ein kreisrunder Platz, den deine Mutter das Margeritenrondell nannte; sie hatte ihn in einen kleinen Garten und Trockenplatz verwandelt, wo sie morgens die Wäsche aufhing und *habaneras* sang, die dein Vater ihr beigebracht hatte."

„Auch mein Vater war ein fröhlicher Mensch?", fragte Victor.

„Oh ja, sehr fröhlich. Wenn er von unserem hohen Berg herabkam, trug er eine hübsche Summe bei sich, Geld von den Touristen, denen er da oben in den dämonischen Höhen als Bergführer gedient hatte."

„Wieso dämonisch?", wollte Victor wissen, ängstlich und

zugleich gespannt, ob die Tante ihm wohl endlich erzählte, wie seine Mutter für immer unter dem Eis des Vulkans verschwunden war.

„Dämonisch!“, bekräftigte Tante Ambrosina und polierte zornig das Silber. Und sie fügte hinzu: „Dein Vater hat uns da Dinge erzählt! Wenn ein Unglück vor der Tür steht, hört man es vom Himmel her läuten. Deinem Vater sträubten sich die Haare, als er die Glocken hörte.“

„Was für ein Unglück konnte denn geschehen?“

„Jemand konnte vom Vulkan verschluckt werden.“

Tante Ambrosina machte eine kleine Pause, damit sie wieder zu Atem kam. Sie warf ihrem Neffen einen flehenden Blick zu und nahm ihn bei der Hand.

„Versprich mir, dass du niemals diesen verfluchten Berg besteigst!“

Lächelnd beruhigte sieVictor.

„Das hab ich schon meinem Vater versprochen, und wir Santos halten unsere Versprechen.“

„Das stimmt“, sagte seine Tante erleichtert.

Über den Borden, auf denen die Trophäen standen, hing das Bild der Señora Milton. Ein großes Ölgemälde von einem bedeutenden englischen Porträtmaler. Die schöne Dame war in voller Größe dargestellt, mit einem Veilchenstrauß am Ausschnitt, und die Blumen passten genau zur Farbe ihrer Augen, die der Maler so gut getroffen hatte, als ob Señora Milton im Rahmen des prächtigen Gemäldes lebte.

Tante und Neffe verharrten einen Augenblick schweigend. Entzückt betrachtete Victor das Bild von Maggies Mutter.

Plötzlich stellte er die Frage: „War meine Mutter eine schöne Frau?“

„Sehr schön. Im Tal war sie für ihre Schönheit und Anmut bekannt."

„War sie so schön wie Señora Milton?", fragte Victor schüchtern. Tante Ambrosina drehte den Kopf und blickte auf das Gemälde.

„Seltsam!", rief sie aus, als ob sie etwas entdeckt hätte, was ihr vorher noch nicht aufgefallen war.

„Was ist seltsam?", forschte Victor gespannt.

„Die Ähnlichkeit... Nie habe ich mir das Bild richtig angesehen. Jetzt, da ich genau hinschaue ... die Señora gleicht deiner Mutter ungemein. Das Haar und die Augen... Auch deine Mutter hatte etwas Englisches an sich. Deine Großmutter mütterlicherseits war nämlich die Tochter eines englischen Generals, auch wenn sie hier im Tal geboren wurde."

„Ich mag die Engländer nicht", gestand der Junge verächtlich.

„Es sind Menschen wie du und ich", erwiderte Tante Ambrosina. „Ich will nicht, dass du so sprichst! Es handelt sich um wohlerzogene Leute, und wir können viel von ihrem guten Benehmen lernen."

„Sie sind reich und hochnäsig und tun, was ihnen gefällt. Eines Tages wird unser schönes Tal ihnen gehören... Das Tal und die ganze Insel", fügte er hinzu. „Aus der Geschichte wissen wir, dass die Engländer schon immer mit den Kanarischen Inseln geliebäugelt haben. Piraten und Admiräle mussten Schiffbruch erleiden, als sie uns mit Kanonendonner erobern wollten, aber jetzt ... mit ihrem Geld..."

„Es gefällt mir gar nicht, dass du so sprichst!", wiederholte Tante Ambrosina ärgerlich, der es unangenehm war – abgesehen davon, dass sie nichts von Geschichte verstand –, wenn ihr Neffe schlecht über die Fremden redete, die ihrer Meinung nach dem Tal Reichtum gebracht und die Sitten seiner Bewohner verfeinert hatten.

Victor bezog Stellung vor dem Bild der englischen Dame und blieb einen Augenblick stumm. Dann presste er wütend die Fäuste zusammen.

„Eines Tages werde ich der Sieger sein!“, rief er und schluckte.

„Das wirst du dann Señora Milton zu verdanken haben“, bemerkte Tante Ambrosina. „Ich will nicht, dass du schlecht über die Leute redest, die so viel für uns tun.“

„Ich sage nichts Böses, Tante. Ich möchte nur erwachsen sein und …“

„Warum so ungeduldig?“

„Ich bin sicher: Ich werde eines Tages ein Tennisass sein.“

„Schon möglich. Señora Milton ist davon überzeugt. Sie hat gesagt, eigentlich wäre es schade, dass du noch so jung bist.“

Victor biss sich auf die Lippen. Es ärgerte ihn, für Señora Milton ein kleiner Junge zu sein.

„Wenn ich erst erwachsen bin…!“, rief er, ohne den Satz zu Ende zu sprechen.

Tante Ambrosina lächelte ihn liebevoll an und ermunterte ihn, fortzufahren.

„Wenn du erst erwachsen bist, was dann?“

Victor umklammerte den großen Silberpokal. Seine Züge entspannten sich, und er sprach wie im Traum: „Ich werde berühmt, einen Pokal wie diesen hier gewinnen und reich sein.“

„So reich wie Señora Milton?“, fragte Tante Ambrosina.

„Noch reicher!“, rief der Junge aus.

„Natürlich! Und du wirst auch ein rotes Kabriolett haben, wie das von der Señora, das dir so gefällt! Und außerdem wirst du dir ein Haus wie dieses hier kaufen und es mit Silberpokalen füllen!…“

„So wird es nicht sein“, sagte er mit ernster Stimme. „Ich werde kein Auto haben, dagegen werde ich das Haus hier kaufen und es zerstören.“

„Es zerstören?“, fragte ängstlich Tante Ambrosina. „Deine Rachegedanken gefallen mir ganz und gar nicht! Ich will nicht, dass du an so etwas denkst! Du hast dich zu einem eigenartigen und missgünstigen Gesellen entwickelt!“

„Mach dir keine Sorgen, Tante! Da kannst du sicher sein, was ich hier fühle, ist keine Missgunst.“

Victor trat an das große Fenster und sagte eine Weile gar nichts; seine Blicke verloren sich in der Ferne und schweiften bis zu der Stelle, wo der Berg im Licht der Dämmerung zu einer riesigen, durchscheinenden Quarzrose kristallisierte, zu einem kostbaren Edelstein.

„Diese Gärten hier, die an Versailles erinnern und nichts hervorbringen, werde ich vernichten!“, rief der Junge und wandte sich seiner Tante zu. „Dieses tote Haus werde ich niederreißen und die Finca *Zu den Heiligen* wieder aufbauen, genau so wie unser altes Häuschen, und Vater und Großmutter sollen hier leben und…!“

Tante Ambrosina begann zu weinen.

Victor sah sie erstaunt an und fragte: „Warum weinst du, Tante? Ich habe gedacht, meine Zukunftspläne würden dir Freude machen. Onkel Eduardo und du, wir könnten dann zusammen leben und …“

„Sei jetzt bitte still!“, unterbrach ihn die Tante, die sich mit der Schürze die Tränen trocknete. „Es wäre besser, du würdest deine Träume vergessen und dich deinem Studium widmen. Sagtest du nicht einmal, du wolltest Architekt werden?“

„Das will mein Vater. Aber da ich diese besondere Begabung für Tennis habe, könnte ich ein Champion werden, wenn ich mit Señora Milton weiter trainiere.“

Tante Ambrosina weinte nun nicht mehr. Sie öffnete die Lippen, als ob sie etwas sagen wollte, wirkte irgendwie traurig und zerstreut und schwieg. Sie schaute durchs Fenster und sah, wie der große Berg in den letzten Strahlen der Sonne schließlich zu dunkler, blauer Asche verglühte.

4 Vier

IN DER NACHT SCHLIEF VICTOR nur wenige Stunden. Und nicht etwa wegen des fremden Bettes oder Zimmers, denn in den Wintermonaten, wenn Señora Milton und ihre Tochter da waren, übernachtete er samstags fast immer in der Villa Albion. So konnte er den ganzen Sonntag zusammen mit seiner Tante Ambrosina verbringen. Für Victor blieb der Grund für diese samstägliche Einladung im Dunklen, und niemals erfuhr er, von wem die Idee ausgegangen war, von Maggie, seiner Tante oder Señora Milton persönlich.

Richtig ist, dass es für Victor schon zur Gewohnheit geworden war, in dem kleinen Zimmer, das man ihm im hinteren Teil des Hauses zugewiesen hatte, zu übernachten; es war eine Art Abstellkammer neben der Küche und hatte ein Fenster und eine Tür, die Richtung Westen zum Garten hin gingen. Inzwischen fühlte Victor sich hier heimisch, und er erlaubte sich sogar, den Raum nach eigenem Geschmack herzurichten. Er verfügte über ein altes, massives Holzbett, zwei Stühle mit Sitzen aus Palmfasern und einem kleinen Tisch aus Kiefernholz, der ihm als Ablage für persönliche Dinge diente, ein paar Bücher und ein Pokal aus Silberpapier, den Señora Milton ihm einmal nach einer glänzenden Trainingspartie überreicht hatte; als Symbol, scherzte sie und ernannte ihn zum Champion eines imaginären Weltturniers.

Von all den Dingen, die er besaß, hing er am meisten an diesem silbernem Pokal. Gewiss hatte Señora Milton ihn ihm, halb im Ernst, halb im Scherz, als Beweis einer ganz besonderen Zuneigung geschenkt. Dabei hatte sie sein Gesicht in beide Hände genommen und ihm unerwartet einen Kuß auf die Wange gedrückt.

Von da an bemerkte Victor, wie jedesmal, wenn er Maggies Mutter sah, eine eigenartige Begeisterung in ihm wach wurde. Dieses merkwürdige Glücksgefühl war der Grund, warum die Wände seines kleinen Zimmers fast ganz mit Fotos bedeckt waren; es waren Ausschnitte aus internationalen Zeitschriften, die Señora Milton beim Tennisspiel zeigten. Den Rest der Wand schmückten ein Paar gekreuzte Tennisschläger und eine Sammlung von Wimpeln unterschiedlicher Tennisclubs. Einen Teil dieser Wimpel und Zeitungsausschnitte hatte Maggie bei ihrer Rückkehr aus den Ferien aus England mitgebracht; den Rest besorgte sich Victor selbst. Er war in den Hotels im Tal schon bekannt: Einmal in der Woche sprach er dort vor, um die von den Fremden zurückgelassenen Illustrierten abzuholen. Dann gab es noch etwas Seltsames in dem Zimmer, das man für ihn bestimmt hatte. Es war eine kleine Blumenvase aus böhmischem Glas, in der immer eine schöne Blume stand, die jeden Samstag erneuert wurde. Victor wollte gar nicht wissen, welche der drei Frauen des Hauses ihn so verwöhnte.

Mit diesem bunten Zimmerschmuck wirkte die Kammer fröhlich und jung. Victor genoss es, ausgestreckt auf dem Bett zu liegen und zu entspannen, wobei er seiner Fantasie freien Lauf ließ; schnell ließ er die Augen von einem Bild zum andern gleiten, um die Fotos sozusagen in Bewegung zu versetzen und so eine imaginäre Tennispartie der Señora Milton zu erleben; er folgte ihren behenden Sprüngen und bewunderte ihre langen, wohl geformten Beine, ihren eleganten Körper, der einem Reiher glich.

Victor blieb so lange wach, bis der Mond durchs Fenster schien und den Raum mit gespenstischer Helligkeit erfüllte, die alle Dinge wie mit Zellophan umhüllte und ihnen eine gewisse Unwirklichkeit verlieh, wie im Traum.

Wie aus einem Traum war auch der kleine Wecker, den Señora Milton ihm aus England mitgebracht hatte. Die Uhr bestand aus einem Schilderhäuschen, aus dem ein bunter Holzsoldat mit Fellmütze trat, der sich beim Stundenschlag im Takt eines flotten schottischen Marsches bewegte.

Es schlug vier Uhr, als Victor aufstand, sich schnell anzog, seine Taschenlampe ergriff und sich auf eines seiner nächtlichen Abenteuer begab, die er „reale und geheime Expeditionen durch das Reich der Wünsche“ nannte.

Ein nicht zu erklärender Drang und eine beklommene Neugier, die Schleier der Nacht zu lüften, waren der Grund, warum er sich auf einmal, zu so unpassender Zeit, im großen Salon des Hauses befand, an dem Ort, den Victor immer als Ausgangspunkt wählte, wenn er in die andere Welt, die Welt seiner verborgensten Gefühle, aufbrechen wollte.

Dank seines untrüglichen Orientierungssinnes gelang es Victor, trotz der völligen Dunkelheit den Raum zu erreichen. Mit größter Vorsicht war er bis hierhin vorgedrungen; er hatte sich bemüht, ungehört durch das trockene Laub im Garten zu kommen, am Schlafzimmerfenster seiner Tante Ambrosina vorbei; sie durfte nicht aufwachen…

Als er sich erst einmal in dem großen Zimmer befand, brauchte er sich nicht mehr in acht zu nehmen, denn auf dem Boden lag ein großer Teppich, der das Geräusch seiner Schritte dämpfte.

Eingehüllt in dichte Schatten und schweigende Nacht begab Victor sich auf die imaginäre Wanderung durch seine wunderliche Traumwelt. Er wartete ein paar Minuten, bis sich der letzte Rest seiner realen Existenz verflüchtigt und er einen Zustand von Selbsthypnose erreicht hatte, an die er schon gewöhnt war und die ihm erlaubte, sich in geheimnisvollen Bereichen zu bewegen, die voller Traurigkeit und Freude, voller Niederlagen und Erfolge waren und den Kern seines Lebens ausmachten.

Entschlossen schaltete er seine Taschenlampe ein, und der Lichtstrahl fiel grell auf das Gemälde der Señora Milton. Eine ganze Weile betrachtete er bewegt die Gestalt der schönen Dame, die im Dunklen schwebte, als ob es sich um eine himmlische Erscheinung handelte. Die veilchenblauen Augen leuchteten in dem liebevollen Gesicht, und Victor bemühte seine Vorstellungskraft, bis er Blick und Lächeln der Señora so verinnerlicht hatte, dass sie eine geheime Komplizenschaft mit ihm auszudrücken schienen, als ob es sich um Mutter und Sohn handelte. Trotzdem reichte diese eingebildete familiäre Vertrautheit nicht, jenen wundersamen Strom von Zärtlichkeit zu erklären, den Victor jedesmal empfand, wenn er an Maggies Mutter dachte.

Der Anblick des Bildes hielt ihn lange Zeit gefangen,

und er bemühte sich, den weichen Gesichtsausdruck und die heiteren Augen, die ihn in fröhlicher Vertrautheit anzusehen schienen, im Gedächtnis zu behalten.

Nachdem er sich auch das kleinste Detail der Dame auf dem Gemälde immer wieder angesehen und eingeprägt hatte, ging Victor zu dem großen Fenster und schob die schweren Vorhänge zurück; eine Garbe aus Sternenlicht fiel in den Raum, und die silbernen Pokale leuchteten auf. Da draußen am Himmel bildeten die Sterne zusätzlich zu seinen erträumten Pokalen eine weitere Trophäensammlung.

Natürlich würde er nicht einen Stern gewinnen, sollte sich der Traum in einen Albtraum verwandeln, wie es in jener Nacht geschah, als er lange wie betäubt durch das Fenster auf die Landschaft im Tal sah.

Über dem Laubdach des Parks war das bewaldete Gebirge zu erkennen, das zum Meer hin abfiel, und dahinter, alles überragend, thronte der weiße Berg als großer Reifrock des Mondes.

Wie im Schlaf stieg Victor zum Garten hinab und bewegte sich auf den Tennisplatz zu, den er jetzt seltsamerweise unter einem bläulichen, wohl gepflegten Rasen in perfektem Zustand vorfand.

Ein paar Windstöße rüttelten an den Bäumen, und Victor verwechselte das Knistern der Blätter mit dem frenetischen Beifall imaginärer Zuschauer.

Mitten in diesem Beifallssturm erschien auf der Piste die Gestalt einer Balletttänzerin, die sich zunächst in eleganten, kunstvollen Bewegungen erging und ihm dann so schnelle Bälle zuspielte, dass Victor Mühe hatte, sie zu erwidern, und er sah sich gezwungen, Schläger, Hände und

Füße einzusetzen, um sich dieses Schwalls seltsam schwerer Bälle zu erwehren, die kaum auf dem Rasen zurücksprangen, wodurch die Bewegungen des jungen Tennisspielers schwerfällig und unelegant und seine Rückhand völlig wirkungslos wurden.

Die Tänzerin oder vielleicht falsche Spielerin lachte und schrie und begleitete jeden Ball mit Beleidigungen, schlug wütend ins Leere und lief über das Feld, als ob sie wie von Zauber in der Luft gehalten würde.

Einmal, als die Spieler sich am Netz trafen, versuchte Victor seine geheimnisvolle Gegenspielerin zu erkennen, aber die Begegnung erfolgte so schnell, dass er nur ganz flüchtig den wütenden Blick von veilchenblauen Augen zu erkennen glaubte, die nicht die gütigen Augen der Señora Milton waren.

Diese Entdeckung brachte ihn so aus der Fassung, dass er nicht mehr weiterspielen konnte. Es war, als ob ihn plötzlich alle Kraft verließe, und lange Zeit verharrte er bewegungslos wie eine Statue; gleichzeitig aber wurden Gesicht und Brust von harten Bällen getroffen, bis er sich schließlich ergab und auf dem Rasen in die Knie ging; dann versank er in einer Unmenge gelber verirrter Bälle.

Kurz bevor er das Bewusstsein verlor, hatte Victor den Eindruck, seine Rivalin näherte sich ihm und drückte ihm einen Kuss auf die Stirn. Dann sah es so aus, als ob sich die Frau entfernte, als ob sie auf den großen Berg zuflöge, der in diesem Augenblick wie ein riesiger himmlischer Palast über den Wolken erschien.

Als er die Augen öffnete, konnte er nicht verstehen, was er hier, ausgestreckt zwischen den dicken Wurzeln des Indischen Lorbeers, verloren hatte; so benommen war er. Auch wusste er sich nicht zu erklären, warum er ein so süßes Brennen in der Brust empfand, als ob ein Bienenschwarm eine Honigwabe in seinem Innern baute. Er wollte sich erinnern, und was ihm dann einigermaßen klar vor Augen stand, war ein verrückter Lauf durch den Garten, wobei er versuchte, einen Reiher einzufangen, der ihm aber immer wieder entkam. Mit dem Bild des Vogels war er nicht zufrieden und er versuchte, ihn im Geist erneut zu beleben, bis er die Gestalt einer Frau vor sich sah.

„Ach ja, genau so", sagte sich Victor, der eher den Traum als die Wirklichkeit sehen wollte.

Jetzt war er sich sicher, mit seiner Mutter eine Partie Tennis gespielt zu haben.

„Ich würde etwas darum geben, wenn du einmal gewinnen würdest", rief Señora Milton aus, die das engagierte Training beobachtet hatte.

„Das ist unmöglich", sagte Victor und ließ sich neben ihr auf den Rasen fallen.

Sie sah ihn missbilligend an.

„So was darfst du nicht sagen, zumindest nicht in diesem entschiedenen Ton. Du entwickelst dich zu einem eigenartigen, eitlen Jungen."

„Es tut mir leid. So habe ich es nicht gemeint, nicht einmal gedacht."

Señora Milton trocknete ihm mit ihrem Handtuch den bloßen schwitzenden Oberkörper ab.

„Ich glaube dir. Es schien nicht deine Stimme zu sein", sagte sie.

Victor schauderte, als ob ihn plötzlich ein kalter Luftzug streifte.

„Es war nicht meine …“, murmelte er.

Señora Milton hörte auf, den Körper des jungen Athleten abzureiben und meinte lächelnd: „In deinem Alter kommen solche Schwankungen in der Stimme vor. Manchmal klingt es spitz und wie bei einem Mädchen. Die Kiekser der Pubertät.“

Victor fühlte, wie er errötete, aber das ging schnell vorüber. Er nahm all seinen Mut zusammen, sah Señora Milton an und fragte: „Glauben Sie an Zauberei?“

Sie antwortete nicht sofort. Ihr Blick huschte über das Gesicht des Jungen und forschte in seinen Augen, um die geheimnisvolle Frage zu ergründen, hinter der sie ein unaussprechbares Gefühl vermutete.

„Ja“, erwiderte sie nach einem Augenblick des Nachdenkens. „Ich glaube an Wunder und Verzauberungen, und ich glaube auch, dass du verhext bist. Deine Unschlagbarkeit im Tennis grenzt tatsächlich an Wunder, und wenn du spielst, sieht es so aus, als wärst du nicht von dieser Welt. Dann bist du ein geflügeltes Wesen, schnell und leicht, wie ein Engel. Stimmt es also nicht, dass du verhext bist?“

„Sie sind eine gute Lehrerin“, sagte Victor höflich.

„Von mir kommt nur die Technik“, bemerkte Señora Milton. „Meine langen Jahre der Erfahrung.“

„Sie haben Flügel auch auf einem anderen Gebiet …“

„Auf welchem?“, fragte sie neugierig.

„Wenn Sie am Steuer sitzen… Alle im Tal zittern, wenn man Sie vorbeifahren sieht. Es ist, als ob der Teufel persönlich das Lenkrad hielte, sagen sie.“

„Ach ja, die Geschwindigkeit! Manchmal brauche ich sie, wie andere die Ruhe. Es ist wie ein Rausch; man fühlt sich stark und mächtig. Triumph im Kopf.“

Sie erhob sich und reichte Victor die Hand. Der Diamant ihres Ringes funkelte im Mondlicht.

„Komm mit!“, lud sie ihn ein. „Du hast doch nicht etwa Angst? Maggie hat mir gesagt, du seiest nicht gerade mutig, dafür aber abergläubisch. Ein Champion darf nicht an Scheitern und Unglück denken. Der Geschmack des Erfolgs muss uns immer auf der Zunge liegen; wir können siegen.“

Victor stand auf und blickte starr in Señora Miltons Gesicht. Er spürte einen Kloß im Hals, der ihn am Sprechen hinderte. In seinem Gesicht spiegelte sich Bestürzung, und seine Augen schienen unendlich traurig.

Sie legte ihm die Hand auf den Kopf und zerzauste scherzend sein Haar.

„Mach ein fröhliches Gesicht!“, sagte sie. „Du sollst mich nicht wie ein erwachsener Mann ansehen, so ernst. Bitte, keine Traurigkeit an meiner Seite!“

Hand in Hand liefen sie durch den Garten zur Garage. Señora Milton öffnete weit das Tor, das Mondlicht drang in den dunklen Verschlag und brachte die großen Scheinwerfer des Wagens zum Leuchten. Victor verglich sie mit den Augen eines Raubtiers, das auf der Lauer lag. Dies war der Wagen seiner Träume. Ein Bugatti Kabriolett, Typ Torpedo, mit leuchtend rot lackierter Karosserie.

„Hast du Lust auf eine Fahrt?“, fragte sie.

„Oh ja!“, rief der Junge und sprang schnell ins Auto.

Señora Milton setzte sich ans Steuer und ließ den Motor an. Dreimal heulte er auf, und die Grundmauern des Hauses zitterten. Wie ein Vogel, dem man die Käfigtür in die Freiheit öffnet, so schoss der Wagen hinaus.

Bevor sie den Park verließen, blickte Victor hinter sich

und entdeckte an einem der Fenster die Gestalt der kleinen Maggie, welche die ungewöhnliche nächtliche Ausfahrt des Bugatti beobachtete.

„Wo fahren wir hin?“, fragte Victor.

„Vom Meer in den Himmel!“, rief Señora Milton.

Der Wagen nahm die Straße, die zur Küste hinab führte. Dann ging es durch die Senke des Tales mit Vollgas wieder in die Höhe. Er röhrte ständig wie ein wütendes Tier, das mit flammenden Scheinwerfer-Augen durch die Nacht rast. Die Reifen quietschten in den engen, gefährlichen Biegungen und übertönten Victors Begeisterungsschreie, wobei sein Körper dem Verlauf der Kurven folgte.

Der Wind zerwühlte Señora Miltons Haare, ließ sie wehen und machte aus ihnen goldene Bänder.

„Mach den Mund zu, sonst könnte dir die Angst hineinfliegen!“, rief sie vergnügt.

Victor lachte im Geschwindigkeitsrausch.

„Ach was! Machen Sie sich da keine Sorgen! Mich werden Sie nicht zittern sehen. Ich eile dem Auto sogar noch voraus. Ich fliege!“, schrie er prahlerisch.

„Dich werde ich einholen. Ich hol mir schon deine kleine Teufelsseele!“ Und die Fahrerin trat aufs Gas.

Als sie die Höhe des Tales erreicht hatten, nahmen sie die Straße, die durch das Dorf führte. Die Fensterscheiben zitterten beim mächtigen Motorgeräusch des Bugatti, der ja schon als Teufelswagen bekannt war. Auf den Balkonen erschienen die Nachbarn, stießen Flüche aus und drohten mit den Fäusten. Wie ein Sturmwind rasten sie vorbei, und in wenigen Sekunden ging es bergan, durch Heidekraut und Lorbeer, durch dunklen, teigigen Nebel hindurch, bis zur höchsten Stelle des Gebirges, seinem kreisförmigen

Rand, der ein unendlich weites Wolkenmeer umschloss. Victor war vorher noch nie in diesen Höhen gewesen, und er wurde beim Anblick der weiten Fläche von einem Gefühl der Einsamkeit ergriffen. Es sah wie eine Baumwollpflanzung aus, die bis zum Boden des Bergkessels reichte.

Señora Milton hielt den Wagen an und stellte den Motor ab. Eine beeindruckende Stille umgab den Bugatti, der jetzt wie ein Boot wirkte, das vom Schaum der Wellen eines gespenstischen Ozeans festgehalten wurde.

Es wäre ein Vergehen, diesen Anblick mit auch nur einem Satz zu stören, dachte Victor.

Señora Milton hatte wohl ähnliche Gedanken und sprach kein Wort.

Beide betrachteten lange Zeit die beeindruckende Gebirgsmasse, deren Gipfel sich in den Himmelshöhen verlor.

Ein immer kälter werdender Wind blies Victor ins Gesicht und ließ ihn erstarren, und er schlief mit offenen Augen ein. Er bemerkte, wie Señora Milton nach einer Decke für ihn suchte, und dann verschwand sie langsamen Schrittes auf das Gebirge zu; sie schien über den Wolken zu schweben und war bald nicht mehr zu sehen.

Die Bewohner des hoch gelegenen Dorfes schliefen noch, als die Morgenröte das Tal in ein rosafarbenes Licht tauchte. Nur der Pfarrer sah auf seinem Gang zur Kirche, wie der Teufelswagen mit ausgeschaltetem Motor in schneller, leiser Fahrt und über und über mit Veilchengirlanden geschmückt durch die steilen Straßen zurück ins Tal fuhr.

Als Victor wieder zu sich kam, lag er ausgestreckt auf dem großen Sofa im Salon, gegenüber dem Gemälde der Señora Milton. Er wusste nicht, wie lange Zeit er hier verbracht hatte, und auch nicht, wie er auf dieser unbequemen Liege schlafen konnte. Auch hatte er keine Erklärung dafür, warum er in eine Decke gehüllt war. Durch das große Fenster drang schon die Helligkeit des anbrechenden Morgens, und er beeilte sich, in sein Zimmer zurückzukehren, denn er dachte, Tante Ambrosina könnte seine nächtlichen Streifzüge durch das große Haus der Engländerinnen bemerken.

Beim Frühstück erfuhr er, dass man ihn entdeckt hatte, als er auf dem Sofa im Salon schlief, aber er errötete nur leicht – sonst gab es keine Unannehmlichkeiten –, als seine Tante sagte: „Was für eine schreckliche Nacht! Wegen des verfluchten Windes konnte ich kein Auge zutun. Ich war im Salon und sah dich auf dem Kanapee liegen und schlafen. Du hast so tief geschlafen, dass ich dich nicht stören wollte. Und weil du ganz kalt warst, habe ich dich mit der Schottendecke der Señora zugedeckt."

Victor fühlte sich erleichtert. Tante Ambrosina fand es offenbar ganz natürlich, dass er nicht in seinem Zimmer war und dachte sicher, er hätte sich, genau wie sie, vor dem Toben des Sturmes in den Salon geflüchtet.

Schließlich erzählte ihm die Tante noch, sie habe die Nacht am Fenster verbracht und zugesehen, wie der Wind die Zitronen von den Bäumen schüttelte.

5 *Fünf*

ES WAREN SCHON ZWEI WOCHEN vergangen, seitdem der Unterricht wieder begonnen hatte, und Victor beunruhigte sich, weil seine Freundin Maggie nicht da war. In dieser Zeit ging er nur ungern zur Schule und achtete kaum auf das, was die Lehrer sagten. Meist brütete er Träume aus, in denen der Reiher aus der Vitrine eine Rolle spielte, oder starrte zerstreut auf den weißen Berg. Einmal kam eine Lehrerin zu ihm ans Pult und holte ihn in die Wirklichkeit zurück.

„Victor Santos …, warum weinst du?“, fragte sie freundlich.

„Oh, nichts, es ist nichts“, antwortete der Junge überrascht und tat, als riebe er sich die Augen.

Die Lehrerin sah ihn aufmerksam an.

„Wenn du dich nicht gut fühlst, kannst du nach Hause gehen.“

„Vielen Dank. Ich fühle mich wirklich gut. Ich hab wohl ein Staubkorn ins Auge bekommen…“

Genau in diesem Augenblick geschah das Wunder. Die

Tür des Klassenzimmers ging auf, und die kleine Maggie, die von Schülern und Schülerinnen mit Erstaunen, aber auch ein wenig Neid empfangen wurde, trat ein. Die kleine Engländerin, wie sie in der Schule genannt wurde, erschien nämlich ohne jene brandroten Zöpfe, die sie im Vorjahr so überaus kindlich hatten aussehen lassen. Das Haar fiel ihr jetzt in einer Kaskade aus leuchtendem Kupfer über die Schultern. Ihre grünen Augen wirkten größer, und ihr Blick verriet eine neue Reife.

Die Lehrerin hieß sie willkommen und ermunterte sie, Platz zu nehmen.

Victor beobachtete verblüfft die überraschende Veränderung in Maggies Aussehen. Instinktiv rückte er zur Seite, damit sie sich an sein Pult setzen könne, aber die kleine Engländerin ging, ohne ihn eines einzigen Blickes zu würdigen, an ihm vorbei und ließ sich einige Reihen dahinter nieder, neben Ana Sánchez, einer ihrer bevorzugten Freundinnen.

Wieder brannten Victor die Augen, und das Herz stolperte ängstlich in der Brust, als ob es von den Flügeln fliehender Tauben gestreift würde oder von unerbittlich flatternden Seidentüchern, die ihn von seinen schönsten Träumen verabschieden wollten. Er war im Begriff, der Lehrerin zu sagen, er fühle sich wirklich krank und wolle nach Hause gehen, beschloss aber, zu bleiben, um nicht die Aufmerksamkeit der Klassenkameraden, vor allem nicht die von Maggie, zu erregen. Er wollte an nichts denken, setzte sich gerade hin und schaltete jeden Gedanken aus, bis die Lehrerin den Unterricht für beendet erklärte. Als er wieder zu sich kam, war er allein im Klassenzimmer. Er sah auf die Uhr: Seit Schulschluss waren kaum zwei Minuten vergangen. Schnell griff er nach seiner Tasche mit den Büchern, eilte auf den Ausgang zu, wo er gerade noch rechtzeitig ankam, um Maggies rote Mähne zu sehen, die in der Sonne leuchtete; Maggie saß im offenen blauen Mercedes des Architekten Evaristo Ponte.

Victor suchte am dicken Stamm eines Schatten spendenden Eukalyptusbaumes Halt und atmete tief den würzigen Duft ein. Er wartete eine Viertelstunde, immer in der Hoffnung, den röhrenden Motor von Señora Miltons Bugatti zu hören, aber das einzige Geräusch, das an sein Ohr drang, kam von dem alten, schwerfälligen Motorrad des Klempners Rufino, der sich mühsam, den eintönigen S-Kurven der Straße folgend, das Tal hoch arbeitete. Als er an Victor vorbeifuhr, hob er missmutig den Arm zum Gruß. Victor grüßte auf dieselbe Art, und der Klempner Rufino lächelte ihm traurig zu, fast wie ein Komplize, als ob der Junge die Flagge schwenkte um anzuzeigen, dass auch der letzte der Läufer im entmutigenden Wettkampf der Schildkröten das Ziel erreicht hätte. Dann wurde es still und leer im Tal; es war gerade noch ein weit entferntes Summen zu hören, das von den Dörfern her zu kommen schien, als ob sie von Bienen bewohnt wären, die unbedingt Maggies Namen durch die Luft tragen wollten.

Maggies Name war auch in den Stamm des großen Eukalyptusbaumes eingeritzt, der gegenüber der Schule stand. Für Victor war er wie ein Haltezeichen, vor dem Señora Milton den Wagen parkte, wenn sie ihre Tochter abholte. Straßen abwärts erschien Maggies Name häufig auf den weißen Mauern, die die Bananenplantagen umgaben. Victor stieg zu Fuß die Straße hinab. Er war schlechter Laune, und am liebsten hätte er all diese Schriftzüge zum

Verschwinden gebracht. Sie erschienen ihm jetzt wie eine romantische Kinderei, einfach lächerlich und geschmacklos. Vielleicht waren diese Kritzeleien sogar teilweise der Grund für die Verärgerung der kleinen Engländerin und schuld daran, dass nichts aus den großen Plänen werden würde, die Victor jahrelang in seinen Träumen geschmiedet hatte.

Er war so bekümmert, dass er nur mit Mühe ruhig atmen konnte. Er meinte zu ersticken, als ob er in einem verrückten Lauf den blauen Mercedes des Architekten hätte einholen wollen, der längst Tal abwärts kurvte, und bald das Haus der Engländerinnen erreichen würde.

Victor setzte sich in einer der Kurven, die als Aussichtspunkt diente, in den Graben und genoss den Anblick der eindrucksvollen Landschaft des Orotava-Tals, dessen fruchtbarer Boden immer grün war und wie ein unendlich weiter Teppich aus Smaragden wirkte. Ein deutscher Gelehrter, Alexander von Humboldt, war beim Anblick dieser majestätischen Naturbühne auf die Knie gesunken. Victor hatte darüber in einem Buch über die Inselgeschichte gelesen, aber, dachte er und ballte wütend die Fäuste, das müsse lange her sein, bevor sein Vater die Finca *Zu den Heiligen* verkauft hatte, damals, als das *harmonische Gemälde aus Grüntönen*, wie der naturwissenschaftlich interessierte Baron sich ausdrückte, noch nicht durch die neuen Besitztümer der Fremden gestört wurde. Unter diesen mit bedauernswertem Geschmack erbauten Ferienhäusern stach die Villa Albion hervor, die wie ein riesiges gelbes Huhn in einem Nest aus Geranien hockte und manchmal von den lila Blüten der Blauschellenbäume und den roten Tellern der Flamboyants halb verdeckt wurde.

Am Nachmittag desselben Tages noch entschloss sich Victor, dem Haus der Engländerinnen einen Besuch abzustatten; er wollte nämlich wissen, warum sich Maggie ihm gegenüber so seltsam verhalten hatte. Er erinnerte sich, dass Maggie im Vorjahr einen Monat vor Schulschluss nicht mehr im Unterricht erschienen war, und seitdem hatte er sie nicht mehr gesehen. Victor glaubte nicht, dass ihre lange Abwesenheit mit dem Streit zusammenhing, den sie wegen einer dummen Laune der Engländerin gehabt hatten. Es geschah an einem Tag, an dem der Lehrer im Botanikunterricht eine begeisterte Beschreibung des Veilchens gab, das im Innern des großen Kristallbergs wuchs.

„Es handelt sich um eine kleine Pflanze mit behaarten, spatenförmigen Blättern. Die Blüte ähnelt der des Stiefmütterchens. Die Blütenblätter haben eine schöne himmelblaue Farbe und sind weiß und gelb gefleckt. Die Pflanze ist klein und unscheinbar und verbreitet einen feinen Duft. Sie ist einzigartig auf der Welt und ist die einzige Pflanze Spaniens, die in solcher Höhe wächst. Sie wird als das Schmuckstück unserer Flora angesehen. Wenn wir wollen, dass diese botanische Kostbarkeit überlebt, müssen wir dafür sorgen, dass sie unbeschadet in ihrer Umgebung wachsen kann, in diesem wunderbaren Zaubergarten, den die Insel hoch oben über den Wolken beherbergt."

„Ich will dieses Veilchen haben!", sagte Maggie.

„Das ist nicht möglich", hatte ihr Victor erklärt.

„Warum nicht?", wollte die Engländerin wissen, und ihr Gesicht nahm den trotzigen Ausdruck eines verwöhnten Kindes an.

Victor musste plötzlich an seine Mutter denken, die im Brautkleid, mit einem solchen Strauß auf der Brust, unter einer Eisschicht begraben lag. Es war die Vision eines Augenblicks, und er war hellwach.

„Diese Veilchen darf man nicht berühren. Sie sind verzaubert, wie der Berg selbst, und bringen Unglück."

Maggie brach in Gelächter aus.

„Glaubst du wirklich, dass ein Berg oder eine Blume verzaubert sein und unser Leben irgendwie beeinflussen können?", fragte sie spöttisch.

Der Junge errötete, eher vor Wut als vor Scham.

„Ja, das glaube ich", sagte er mit fester Stimme, als ob er auf die Bibel schwören würde.

„Und wenn ich dich bitte, mir ein solches Veilchen zu bringen?"

„Du darfst nichts Unmögliches verlangen."

„Wieso ist das unmöglich? Würdest du das nicht für mich tun?", beharrte sie und sah ihn schmeichlerisch an.

„Für niemanden würde ich so etwas tun", ereiferte sich Victor. „Ich habe versprochen, niemals den großen weißen Berg zu besteigen …"

„Was ist mit dir los? Man braucht nur den großen Berg zu erwähnen, und schon zittert dir die Stimme. Wovor hast du Angst?"

„Es geht nicht um Angst. Es ist etwas Anderes. Ich weiß von schrecklichen Dingen."

„Unsinn!", rief die Engländerin. „Das sind bestimmt Fantasien von Bauern, die nicht lesen und schreiben können. Wir aber haben unsere Kultur, wir sind studierte Leute und glauben nicht an Zauberei und Märchen für Kinder."

Victor dachte an seinen Vater, an die Großmutter und Onkel Eduardo. Sie waren keine Kinder und logen nie.

„Mein Vater war Bergführer und hat manches gesehen."

„Was zum Beispiel?“, fragte Maggie eigensinnig.

„Also …“, begann Victor und erzählte einige der Gerüchte, die im Tal umgingen. „Da oben ist alles versteinert. Es gibt Könige, Krieger und Mönche. Und große Paläste und Kathedralen und riesige Tiere und Löwen mit erhobenen Tatzen. Dort befindet sich eine große Stadt aus Stein, unbeweglich und schweigend, seit sie aus dem Innern der Erde emporbrach. Man spricht von einem wahnsinnigen Fürsten, der sich in einen blauen Vogel verwandelt hat und wie eine Fledermaus durch die Gassen fliegt, zwischen Kirchen und Schlössern her, ohne sich je niederzulassen. Der weiße Berg ragt mitten aus dieser verzauberten Stadt in die Höhe. Er ist ihr höchster Turm, in dem sich die Glocken befinden, die eines Tages mit aller Kraft läuten werden, wenn die Steine sich wieder beleben und das läuternde Feuer auflodert, um den Zauber zu brechen, der über den Bewohnern dieser geheimnisvollen Stadt aus Stein hoch über den Wolken liegt.“

Maggie hörte Victor aufmerksam zu. Vor ihren Augen erstand die große Stadt in der weiten, einsamen Landschaft.

Sie begaben sich in den Schatten des Eukalyptusbaumes vor dem Schultor.

„Und das Veilchen?“, insistierte sie. „Steht das Veilchen auch unter irgendeinem Zauber?“

Victor bemerkte den ironischen Ton in ihrer Stimme.

Er zuckte mit den Achseln und bemühte sich um Gelassenheit, als er antwortete: „Unter dem Eis schläft eine Frau. Ihre Hände sind über der Brust gefaltet; sie halten einen Blumenstrauß. Es sind die einzigen Veilchen, die es dort oben gibt. Sie zu stehlen, bringt Unglück. Auf der Insel weiß das jedes Kind.“

Maggie sah ihn neugierig an.

„Und der blaue Vogel? Würdest du mir den blauen Vogel bringen?“ Ihre Stimme klang plötzlich ernst.

Victor lehnte sich gegen den Baumstamm und senkte den Kopf.

„Ich habe versprochen, dass ich niemals den weißen Berg besteigen werde“, sagte er traurig.

Das Gesicht der kleinen Engländerin lief rot an. Die kleinen olivinfarbenen Augen flammten vor Wut.

„Wie kannst du nur so dumm sein! Glaubst du wirklich an Schwüre und all diesen Blödsinn, den dir deine Leute erzählen? Am Ende wirst du genau so ein Bauerntölpel wie sie.“

Victor war verärgert. Diese dumme, überspannte kleine Ausländerin beleidigte die Leute aus dem Tal. Seinen Vater und seinen Onkel Eduardo. Seine Augen füllten sich bei dem Gedanken mit Tränen, dass Glaube und Fantasie im Kopf eines vierzehnjährigen Mädchens nichts galten oder belächelt wurden.

In Victors Ohren brummte es wie von Hummeln, die immer näher kamen.

„Du bist ein Lügner“, schrie ihm Maggie ins Gesicht. „Und ein Feigling dazu! Genau das bist du! … Dein Mut reichte nur, überall im Tal meinen Namen zu verbreiten, aber niemals hast du mich gefragt, ob ich mit dir gehen wollte.“

Victor war überrascht. Nie zuvor hatte er Maggie so wütend gesehen.

Señora Miltons Bugatti erschien in der Kurve, und weil der Motor so laut heulte, schrie die kleine Engländerin noch stärker: „Ich will nicht, dass du mich noch weiter besuchst! … Und alle Bäume sollst du fällen, in die mein Name eingeritzt ist!“

Das Auto hielt an, und Maggie sprang schnell hinein, ohne die Tür zu öffnen.

„Victor kommt heute nicht mit uns“, teilte sie ihrer Mutter mit. „Er hat in der Schule noch zu arbeiten“, erfand sie.

Señora Milton band sich ein buntes Tuch ums Haar und setzte eine dunkle Sonnenbrille auf. Fröhlich hob sie die Hand zum Gruß. Der Motor heulte wieder auf, und der Wagen verschwand in Windeseile hinter der nächsten Kurve.

Victor war wie vor den Kopf geschlagen. Er konnte Maggies ungewöhnlichen Wutanfall nicht verstehen.

Er betrachtete den in den Stamm des Eukalyptusbaumes geritzten Namen und lächelte in sich hinein. Er hatte nicht vor, Bäume zu fällen oder die Malerei auf den Mauern zum Verschwinden zu bringen. Das Wort Maggie würde im Tal und in seinem Herzen weiter bestehen, denn es richtete sich an Señora Milton, den internationalen Tennisstar, und hatte nichts mit ihrer anmaßenden Tochter zu tun, die er in der Tat nie darum gebeten hatte, seine Freundin zu werden.

Das war im vergangenen Jahr gewesen. Jetzt, da er Maggie wiedergesehen hatte, konnte er ihre gleichmütige Haltung nicht verstehen. Durch ihr neues Aussehen – eine junge Dame ohne Zöpfe oder Söckchen – gehörte sie nun zu den Größeren der Klasse. Sicherlich war sie auch reifer geworden und dachte, wie Erwachsene denken. Victor erschien es einfach dumm, sollte jener kindische Ärger, nachdem sie sich so lange Zeit nicht gesehen hatten, tatsächlich fortbestehen. Es tat ihm weh, dass sie ihn nicht einmal gegrüßt hatte. Sollte es einen anderen geheimen Grund geben, warum sich Maggie so arrogant ihm gegenüber verhielt?

Auf der Suche nach einer Erklärung wartete Victor den späten Nachmittag ab, um sich dann erst zu Maggies Haus zu begeben. In Wirklichkeit wünschte Victor eher, Señora Milton anzutreffen, als irgendwelche Antworten auf seine Fragen zu erhalten.

Als er vor dem Gitterzaun des Parks ankam, berührte die Sonne bereits das Meer. Die Wolken glichen großen Scheiterhaufen, die am Himmel loderten, und die Bäume sahen aus, als wären sie aus Bronze. Der Boden war mit metallischen Blättern bedeckt, wie man sie in den künstlichen Grabkränzen findet, die Victor auf dem Friedhof des Bergdorfes gesehen hatte.

Leise ging er über die engen Wege, an Beeten mit verwelkten Rosen vorbei, zwischen denen dichte Netze aus Spinnweben hingen. Weil er Angst hatte, entdeckt zu werden, hielt er sich von den Hauptwegen fern, denn diesmal schlich er sich heimlich in den Park, wohl wissend, dass Maggie ihm das verboten hatte.

Alles machte den gleichen verlassenen Eindruck wie einige Wochen vorher, als Victor das letzte Mal seine Tante Ambrosina besucht hatte. Auf den Tennispisten lagen dürre Äste, und es hatten sich Pfützen aus stinkendem Wasser gebildet, das die Farbe von Nikotin hatte. Am Fuß des dicken Indischen Lorbeers, wo sonst immer das Tischchen für den Tee stand, befand sich jetzt ein Hexenring aus Pilzen. Fenster und Türen des Hauses waren verschlossen, und man hatte den Eindruck, dass niemand daheim war. Victor schlug einen Bogen zum hinteren Teil des Hauses hin, und vorsichtig ging er auf die Kammer zu, die er seit zwei Jahren als die seine ansah. Ernüchterung und Scham überfielen ihn, als er entdeckte, dass die Tür mit einem großen Vorhängeschloss versehen war. Er bearbeitete das Holz mit Fäusten, während ihm die Tränen in die Augen schossen.

Eine Frau trat aus der Küchentür und fuchtelte wie wild mit den Armen.

„He, du kleiner Dieb! Was tobst du hier herum? … Das Haus stürzt gleich ein. Verschwinde, oder ich rufe den *policeman*!“, sagte sie mit ausländischem Akzent.

Victor wartete ruhig, bis die Frau bei ihm war.

„Ich bin kein Dieb, Señora“, protestierte er und streckte die offenen Hände aus, als ob er die zornige Riesin aufhalten wollte, die da auf ihn zukam.

Es war eine dicke Frau mit rundem und trotz des wilden Gehabes angenehmem Gesicht. Sanft packte sie den Jungen beim Ohr.

„Warum schlägst du gegen die Tür? Du siehst doch, dass sie mit einem Schloss verriegelt ist. Was willst du stehlen?“

„Ich bin kein Dieb, Señora“, wiederholte Victor und befreite sich von den Fingern, die ihn ins Ohr kniffen.

„Wenn du nicht hier eingedrungen bist, um zu stehlen“, fragte die Frau und stemmte die Hände in die Hüften, „was tust du dann auf einem Privatgelände? Kannst du mir das mal verraten?“

„Ich wollte meine Tante Ambrosina besuchen.“

Die Frau riss erstaunt die Augen auf.

„Ach so!“, rief sie und trocknete sich die Hände an der Schürze ab, wobei sie Victor neugierig musterte. „Dann bist du Señora Ambrosinas Neffe. Ich hab schon von dir gehört. Man sagt, dass du bald ein berühmter Tennisstar sein wirst … Ich bin Greta, Greta Castle und arbeite für die Familie Milton. Bisher war ich immer in England, aber dieses Jahr hat die Señora mich zu einem kurzen Aufenthalt mit hierhin genommen."

Trotz ihrer Leibesfülle war sie offensichtlich eine flinke Person. Die zarte, faltenlose Haut bildete einen starken Gegensatz zu dem schneeweißen Haar, und ihre lebhaften grauen Augen verrieten, dass sie noch voller Schwung war.

„Darf ich reinkommen? Ich möchte meine Tante sehen", sagte der Junge schüchtern.

„Señora Ambrosina ist fortgegangen. Sie hat ein paar Wochen Urlaub genommen. Die arme Frau war sehr erschöpft, als sie mit dem Hausputz und dem Aufräumen fertig war."

Victor war drauf und dran, sie zu bitten, ihn in die Kammer zu lassen. Er fühlte das Bedürfnis, seine Sachen zu sehen, vor allem die Fotos der Señora Milton. Er zeigte auf das Schloss …

„Oh! Hier kann man nicht herein!", rief Señora Castle. „Señorita Maggie hat mich gewarnt. Sie hat das Schloss angebracht und hat selbst den Schlüssel."

Als sie sah, wie bedrückt Victor immer noch war, lächelte sie ihn freundlich an.

„Willst du in die Küche kommen und eine Tasse Tee trinken?"

Victor lehnte dankend ab: „Ich muß mich auf den Weg machen."

Greta Castle zuckte mit den Schultern.

„Wie du willst", meinte sie.

Die Sonne war jetzt ganz im Meer versunken. Die Nacht stieg schnell im Tal hoch und bedeckte es mit ihrem schwarzen Zaubermantel.

Victor ging nicht weg. Er blieb und trieb sich im Park umher, wo er die Plätze aufsuchte, die ihn an die Stunden erinnerte, die er gemeinsam mit Señora Milton verbracht hatte; teils hatte er sie wirklich erlebt, zum größten Teil aber waren es Träume, die er bei seinen vorherigen Besuchen im Park ausgesät hatte, und die ihm nun aus allen Winkeln entgegenwucherten. Als er damals am Teich vorbeikam, der jetzt trocken und voller Abfall war, quoll dieser fast über, und wie ein Spiegel aus Obsidian war das dunkle Wasser, in dessen Tiefe der Mond kam und ging, klein, in weiter Ferne und grün wie ein Laubfrosch; an seinem Rand saß nackt Señora Milton, in derselben Haltung wie die kleine Meerjungfrau im Hafen von Kopenhagen. Das Bild spiegelte sich in der Tiefe eines umgekehrten Himmels. So hatte er sie einmal gesehen, als eine ungewöhnliche tropische Hitzewelle drei Tage und drei Nächte lang über der Insel stand, und die kleine Maggie den Einfall hatte, sie alle zu einem Bad im Mondlicht einzuladen, und Victor erinnerte sich daran, dass der Mond klein und grün war und Funken sprühte, die sich in den Augen des englischen Mädchens spiegelten.

Er schlich mehrmals um das Haus, wobei er Fenster und Balkone des Obergeschosses beobachtete – vielleicht brannte ja in einem Raum Licht –, aber alle Fensterläden blieben geschlossen, und Victor kam zu der Einsicht, dass die einzige Person, die sich im Haus befand, die Schlüsselverwalterin sein müsse, die er soeben kennengelernt hatte.

Plötzlich kam Victor der beunruhigende Gedanke, dass

Greta Castle Señora Milton sagen könnte, er wäre da gewesen und hätte nicht nach ihr gefragt. Natürlich würde auch Maggie davon erfahren, was ihn am meisten beunruhigte, denn die Tatsache, dass er an diesem verbotenen Ort entdeckt worden war, gäbe der kleinen Engländerin genug Grund, ihm jeglichen Stolz abzusprechen.

Er war im Begriff, seinen nächtlichen Erkundungsgang abzubrechen. Da wurde das Haus plötzlich vom Scheinwerferlicht eines Autos getroffen, das in den Park einfuhr. Victor versteckte sich hinter ein paar Hortensienbüschen und wartete, bis der Wagen auf dem kleinen Vorplatz gegenüber dem Haupteingang ankam, wo man parken konnte.

Der elegante blaue Mercedes hielt genau vor den wenigen Stufen, die zur Galerie führten, und Victor sah, wie die junge Maggie und Don Evaristo Ponte ausstiegen und Arm in Arm fröhlich das Haus betraten.

Es war zwar noch nicht sehr spät, vielleicht kurz vor elf, aber Victor beunruhigte das, was er gerade gesehen hatte. Was fiel dieser kleinen Ausländerin ein, sich von einem so viel älteren Mann begleiten zu lassen? Und welche Vertraulichkeit war wohl zwischen dem anmaßenden Architekten und der Familie Milton entstanden?

Die Fenster blieben dicht verschlossen, und aus dem Gebäude fiel nicht ein einziger Lichtstrahl, bis sich nach einer halben Stunde die Tür öffnete, und Señor Ponte und die kleine Engländerin wieder erschienen.

Vor Eifersucht gab es Victor einen Stich ins Herz, als sich Maggie von der Terrasse her mit einer Kusshand von dem Architekten verabschiedete.

Der große Mercedes mit Schiebedach fuhr so lautlos aus dem Park hinaus wie er hineingefahren war. Alles wurde wieder dunkel, und Victor verließ sein Versteck zwischen den Hortensien, um seine Spionierrunde im Garten der Villa Albion erneut aufzunehmen.

Noch einmal ging er ganz um das große Haus herum, und als er am Nordwestflügel vorbeikam, wo sich die Fenster von Señora Miltons Schlafzimmer befanden, hörte er ganz deutlich das verhaltene, traurige Wehklagen eines Kindes.

In Victors Kopf überschlugen sich Gedanken und wirre Vorstellungen, ein wahrer Strom von surrealistisch anmutenden Ängsten und Schrecken, die wie Meereswellen gegen die Küstenfelsen in seinem Herzen tobten. Glücklicherweise lösten sich die schmerzlichen Vermutungen, die ihn quälten, im Handumdrehen auf, als er nämlich im Licht seiner Laterne auf dem Gesims die Silhouette einer klagenden Eule entdeckte.

Aber die Widerwärtigkeiten, die Victor beim Herumschnüffeln im Garten der Engländerinnen erleiden musste, waren noch nicht beendet. Gleich an der nächsten Ecke, wie man so zu sagen pflegt, erwartete ihn eine neue Enttäuschung und zwar der bisher härteste Schlag. Er bog also um die Ecke des Hauses, wobei er an der Garage vorbeikam und durch das Gitter des großen Tores lugte.

Mit Hilfe des hellen Strahls der Laterne leuchtete er immer wieder den dunklen Innenraum aus, konnte aber nicht glauben, was er da sah. Seine Überraschung entlud sich nur in einem kurzen bangen Aufschrei; gleichzeitig fühlte er, wie die Beine unter ihm nachgaben und er zu Boden sank; eine ganze Weile verbrachte er auf den Knien, die Augen füllten sich mit Tränen, und er krallte sich verzweifelt am Holz des Tores fest, wie eine Katze, die hereinwill.

Victor kniff sich mehrmals in den Arm und zog sich an den Ohren, um sicher zu sein, dass er nicht träume. Dann suchte er nach einem größeren Spalt, um den gesamten Innenraum der Garage im Blick zu haben. Wieder richtete er die Laterne auf das Gewirr von rotem Blech, das voller Beulen und von verbogenen Metallstücken durchsetzt war.

An diesem Schrotthaufen klebte noch das Nummernschild eines Autos.

„TF 9533!“, schrie Victor entsetzt auf.

Es war, als ob man ihn vor das Gesicht eines Toten geführt hätte, um ihn zu identifizieren.

Das war das Kennzeichen von Señora Miltons Bugatti! Und dieses Durcheinander von rotem Blech war nichts anderes als die Karosserie des Teufelswagens, das Rennauto, das er eines Tages fahren wollte.

Wie erstarrt betrachtete Victor lange Zeit die großen Scheinwerfer, die ihn wie zwei leere Augen anzusehen schienen, traurig abwartend wie ein geblendetes sterbendes Tier.

Was war geschehen? Warum stand der teure Rennwagen hier herrenlos herum und war nur noch ein Wrack? Ein Unfall, von dem Victor nichts wusste? Oder hatten die Bewohner des Tals ihn zur Strecke gebracht? Sie hassten ihn ja und sahen ihn als Teufelswerk an… Und Señora Milton? Was war mit Señora Milton passiert? Er hatte sie immer noch nicht zu Gesicht bekommen…, und niemand hatte sie seit ihrer vermuteten Rückkehr aus England erwähnt. Vielleicht war in diesem Jahr die kleine Maggie allein zurückgekommen? Die Gedanken bei der geliebten Tennisspielerin schlief Victor, ans Garagentor gelehnt, ein; die langen Stunden der Schlaflosigkeit, in denen er die ausgefallensten Vermutungen angestellt hatte, forderten ihren Tribut. Im Schlaf quälte ihn ein Sammelsurium böser Szenen: außer Kontrolle geratene Autos, Prügeleien, klirrendes Glas, Tod, Feuer und ein fernes Begräbnis. Zum Schluss entlud sich dieses unheilvolle Bild in einem grellen Lichtblitz. Darauf folgte ein sanfter Regen und durchweichte alle Plätze, auf denen der enttäuschte Victor um seine Zukunft spielte und verlor.

Es begann Tag zu werden, als er wach wurde, ohne sofort zu wissen, wo er sich befand. Rücken, Hände und Knie schmerzten. Er versuchte, sich zu erinnern und schämte sich, dass er geblieben und wie ein schutzloser Bettler oder einsamer Irrer im Englischen Garten eingeschlafen war. Ihm war schwindlig, und die Bäume kreisten um ihn herum, gerade als ob er auf dem Pferd eines Kirmeskarussells reiten würde. Ein seltsames Angstgefühl überflutete ihn, ein geheimer Missklang, dessen Ursprung er sich nicht erklären konnte, bis er die Blutspuren seiner Hände am Garagentor entdeckte. Und plötzlich hatte er den Bugatti in seiner ganzen Pracht vor Augen, seine Stromlinienform, seine großen goldenen Scheinwerfer… Dann dachte er an den Haufen Schrott, den Blick des sterbenden Tieres, die leeren Augen des Teufels…

Obwohl er sich nur allzu gern das Innere der Garage von neuem angesehen hätte, beherrschte er sich und glaubte lieber an einen Albtraum, als noch einmal den Anblick einer Katastrophe ertragen zu müssen, die sicher im Bereich des Möglichen lag, die seine Fantasie aber nicht wahrhaben wollte.

Mit Tränen in den Augen näherte er sich dem Ausgang des Parks. Es wurde schon hell, aber noch gab es fantastisch anmutende Schatten und Umrisse, die vor der Nacht wichen und sich schließlich in einem leichten Nebel auflösten, der über den Boden glitt.

Plötzlich tauchte aus dem bläulichen Gazevorhang, der über dem Garten lag, die Gestalt einer Frau auf; sie war in eine weiße Tunika gehüllt, und als sie Victor bemerkte, entfaltete sie schöne Engelsflügel und flog davon, hinweg über die Bäume, bis sie sich unter den ersten Lichtstrahlen, Vorboten der Sonne, in der Weite des Himmels verlor.

Victor lief auf das Gittertor am Ausgang zu, wo er stehen blieb und sich wie ein Gefangener an die Stäbe klammerte: Er war geblendet von der Weite des Tals und dem großen Berg dort oben, der jetzt wie ein riesiger violetter Kristall aufflammte, in der Farbe des Amethysts, aber auch der des Schmerzes und der Trauer in den bösen Träumen der Jugend.

Zwei Wochen lang waren die Nächte von bösen Träumen erfüllt. Victor bekam Ringe unter den Augen und wurde schweigsam. Das Bild der Señora Milton verschmolz mit dem ihrer Tochter Maggie, und beide erschienen ihm häufig und machten ihm Vorwürfe wegen seiner bäuerlichen Herkunft oder nahmen ihn auf den Arm, weil er an Lügen und Ammenmärchen glaubte, was zu kleinen Kindern und alten, dummen Leuten passe, aber nicht zu einem jungen Mann, der kurz vor der Reifeprüfung stand. Wenn Victor versuchte, sich ihnen zu nähern, streckten sie abwehrend die Arme aus und verwehrten ihm so den Schritt in die Zukunft, die er anstrebte, die aber immer wieder zwischen den Fingern der Engländerinnen wie altes Brot zerrieben wurde.

„Mit dir stimmt was nicht", sagte die Großmutter, als sie bemerkte, dass Victor beim Essen trödelte und nicht bei der Sache war.

„Mach dir keine Sorgen, Großmutter. Ich hab nur keinen Appetit."

„Es ist aber doch dein Lieblingsgericht! Reis auf kubanische Art, den du sonst so gern magst!"

„Er schmeckt ja auch gut!", rief Victor aus, um die Großmutter zu beruhigen.

„Du musst alles aufessen!", verlangte die Alte. „Und lass nur nicht das Ei übrig, es war teuer!"

Victor konzentrierte sich auf seinen Teller und wischte ihn mit Brot aus.

„Wirklich, hat toll geschmeckt!", meinte er ehrlich.

Die Großmutter brummelte zufrieden vor sich hin.

„Mit dir stimmt was nicht!", wiederholte sie. „Du siehst ganz mitgenommen aus!"

„Ich steh doch in der Prüfung."

„Prüfung? Schon länger hast du kein Buch mehr in der Hand gehabt."

„Ich gehe in die Bibliothek", log er.

Aber die Wahrheit sah anders aus; die Wahrheit war, dass er keine Lust zum Lernen hatte und einige Tage nicht zur Schule gegangen war. Er wollte nicht mit Maggie zusammentreffen, der er die Schuld an der auf Null gesunkenen Beziehung zu Señora Milton und seinen heimlichen Besuchen in der Villa Albion gab. Er glaubte, dass es für immer mit seiner blühenden Zukunft vorbei sei, und zum ersten Mal empfand er die Bitterkeit einer echten Niederlage. Körperlich fühlte er sich schlecht, denn den ganzen

Sommer über hatte er nicht trainiert. In wenigen Tagen war er um einiges leichter geworden, er hatte einen Schuss in die Höhe getan, und auf den Wangen und der Oberlippe sprossen wie spärlicher Weizen die ersten Bartstoppeln. Als er in den Spiegel sah, entdeckte er ein schmal gewordenes, gelbliches, trauriges Gesicht. Die Großmutter hatte schon recht, dass er einen mitgenommenen Eindruck mache.

„Du siehst noch gelber aus als Avelino Nevero", hatte die Großmutter bei einer anderen Gelegenheit ausgerufen, und Victor ängstigte der Gedanke, er könnte irgendwie dem geheimnisvollen Alten ähneln, der jeden Freitag zur Essenszeit mit einem Brot und einer Flasche Wein unter dem Arm erschien, Brot und Wein als Geschenk für Señor Santos und seine Mutter, den Sohn und die Ehefrau seines damals besten Freundes, Don Victor Santos, dem Älteren.

Für Victor war dieser große Alte mit den traurigen Augen ein Toter, dem es einmal in der Woche erlaubt war, die Hölle zu verlassen und der unvergesslichen Familie Los Santos, besonders aber Doña Inesita Rosa, seinen gewohnten Besuch abzustatten.

Avelino Nevero hieß in Wirklichkeit Avelino Cruz, aber im Tal war er unter dem Namen Nevero, Eismann, bekannt, denn seine Arbeit bestand eine Zeitlang darin, Schnee vom großen Berg ins Tal zu tragen, um damit das Hospital und das ein oder andere Haus reicher Leute zu versorgen, die ihn damit beauftragt hatten.

Avelino war tatsächlich ein enger Freund von Victors Großvater gewesen, mit dem zusammen er einige Jahre in Kuba im Zuckerrohr gearbeitet hatte. Die Großmutter erzählte, die beiden Indianer hätten sich bei ihrer Rückkehr ins Tal in sie verliebt, aber sie hätte sich als Bräutigam Victor Santos ausgesucht, denn er war es, der das meiste Geld mit heimbrachte.

Avelino war immer ein armer Schlucker gewesen, und das bisschen, das er verdiente, ging für Wein oder Kognak drauf; „für die Kälte da oben“, pflegte er zu sagen und wies auf den großen Berg. Sein einziger Besitz war ein Maultier, mit dem er fast täglich bis zur Spitze des Berges stieg und auch wieder hinab, wobei seine Tragkörbe einmal mit Schnee, ein andermal mit Schwefel beladen waren, den er dem Schlund des Vulkans entriss.

Viele der Geschichten, die um den großen Berg kreisten, verdankte Victor Avelino Nevero, der manchmal bei seinen Besuchen nach ein paar Gläsern Wein ins Reden kam und Dinge aus dem Innern der Hölle erzählte, wo er den Schwefel schürfte oder dem Teufel die Zähne ausschlug, um an das Eis zu kommen.

Victor stellte sich den Schlund des Berges vor und die langen, spitzen Zähne, die Schwertern aus Kristall glichen. Das waren keine Erfindungen des Alten, denn schon Onkel Eduardo hatte ihm dasselbe erzählt und dass er es mit eigenen Augen gesehen habe, und Onkel Eduardo war einer der Santos, und die Santos logen nicht.

„Wie viele Zähne hat der Teufel?“, fragte Victor einmal.

Avelino Nevero runzelte die Stirn, als ob er sich erinnern wollte.

„Zweihundert. Hundert oben und hundert unten“, rief er schließlich, ohne mit der Wimper zu zucken.

„Und wie viele habt Ihr ihm jedesmal ausgerissen?“

„Alle. Beim nächsten Ausflug waren sie ihm alle wieder nachgewachsen.“

Manchmal schaltete sich die Alte ein: „Nevero, was für schreckliches Zeug erzählst du nur!"

„So schrecklich ist das gar nicht", sagte der Mann in verständnisvollem Ton. „Dieser Berg ist nicht so teuflisch wie man meint… Es gibt da Dinge, die scheinen von Gott zu kommen."

„Ich mag es nicht, wenn du vor meinem Enkel lästerst!"

Lächelnd legte Avelino Cruz die Hand auf Victors Kopf.

„Die Kinder wissen mehr als wir Erwachsenen; sie wissen, dass das Eis Wasser ist, und das Wasser kommt vom Himmel. Mit den Zähnen aus dem Maul des Berges konnte man im Hospital vielen Kranken Erleichterung verschaffen. Auch mit dem Schwefel seines Atems geschieht Gutes. Ich bringe ihn dem Apotheker für seine Heilsalben und auch Lucía Corona, der Kräuterfrau, für ihre Aufgüsse. Wäre es etwas Schlimmes, gäben mir nicht so viele Leute ihre Bestellung auf."

„Der Apotheker und diese Hexe stinken nach Teufel, genau wie du, Avelino Nevero", brummelte die alte Frau, während sie den Tisch abräumte.

„Ich habe meinen guten Freund Santos, den Älteren, Euren Ehemann, reichlich mit Schwefel versorgt; er brauchte ihn zum Besprühen der Bananenplantage und der Reben und auch für die Fässer. Daran müsstet Ihr euch eigentlich erinnern, Doña Inesita."

„Natürlich erinnere ich mich daran … und an andere Dinge!"

Victor hatte den Eindruck, die Großmutter wolle Avelino Cruz etwas vorwerfen.

El Nevero schwieg einen Augenblick. Er schien zerknirscht. Dann sprach er weiter über den Schwefel: „Die

Herrschaften aus der Stadt und der Herr Bürgermeister haben ihn mir abgekauft."

„Haben sie auch solch ein Gebräu hergestellt?", fragte Victor.

„Nein. Sie machten Pulver daraus und streuten es an die Portale des Rathauses und der Kirchen und an die Eingangstüren der vornehmen Häuser und schreckten so die Hunde ab."

Nach dem Essen kehrte Victors Vater zu seinem Fensterplatz in der Küche zurück. Manchmal setzte sich Avelino Cruz zu ihm, und beide verbrachten den Nachmittag schweigsam wie Klosterbrüder und betrachteten das Wechselspiel des Sonnenlichts auf dem Kristallberg. So verharrten die beiden Alten mehrere Stunden lang, bis schließlich El Nevero unter irgendein geheimes Gespräch mit den Geistern einen Schlussstrich zu ziehen schien und unvermittelt auszurufen pflegte: „Das war's dann, Señor!", wie um alles, was er bei sich bedacht hatte, zu bestätigen. Dann ging er ohne Abschied bis zum nächsten Freitag von dannen.

„Es ist, als ob er zur Familie gehörte", meinte Victor.

Die Großmutter seufzte traurig und sagte leise: „So hätte es sein können."

„Das mußt du mir erzählen, Großmutter!", bat der Junge, der mehr von dem geheimnisvollen wöchentlichen Besucher wissen wollte.

Die Alte hörte auf, den Boden zu schrubben, ging zum Tisch und setzte sich Victor gegenüber. Zerstreut blickte sie zu ihrem Sohn hinüber, der unbeweglich und stumm am Fenster saß. Mit der Hand glättete sie das Tischtuch, als ob sie den Erinnerungen den Weg ebnen wollte.

6 Sechs

„DIESER MANN WAR BEI DEN SANTOS Vorarbeiter. Er war ein guter Angestellter, und verließ nur am Sonntagnachmittag die Finca, um sich in Puerto die Hahnenkämpfe anzusehen. Ich schaute ihm heimlich nach, wenn er seine Hütte verließ, denn ich musste lachen, wie er sich so plötzlich in einen feinen Herrn verwandelt hatte, im weißen Anzug, den er sich aus Kuba mitgebracht hatte, mit Strohhut und farbiger Krawatte. Verabschieden tat er sich nie. Er ging weg, als ob sie ihm auf den Fersen wären, wobei er sich zwischen den Bananenstauden versteckte, wie um nicht den Eindruck eines Lackaffen im Sonntagsstaat zu erwecken. An manchen Sonntagen verbrachte er ganze Stunden am Straßenrand und wartete auf den Bus, der ihn nach Puerto de la Cruz bringen sollte … und verpasste ihn."

Fröhlich leuchteten die Augen der Großmutter auf und schelmisch fuhr sie fort: „Vom Fenster aus beobachtete ich ihn, und mit Vergnügen sah ich, wie die Zeit verstrich und er dort wie angewurzelt wartete, wie ein Baum ohne Blätter, bis es dunkel wurde. Und dann…, dann…“

Eine Wolke trübte die Erinnerung der Alten, und sie schüttelte mechanisch den Kopf, als ob sie eine Feder im Hals hätte.

„Was hab ich noch gerade erzählt…?“

„Von Avelino Cruz hast du erzählt, Großmutter. Wie er sonntags den Bus verpasste und zu Hause blieb und nicht zum Hahnenkampf konnte…“

„Ach ja!“, nahm sie den Faden wieder auf. „Dann ging er zu der Hütte zurück, die dein Großvater ihm überlassen hatte, und die auf dem Gelände der Finca lag. Dort, so ganz allein, betrank er sich nach Herzenslust. Dann begann er, *habaneras* zu singen, lange, traurige Melodien, bis zum ersten Hahnenschrei im Morgengrauen… Ich verbrachte die Nacht am Fenster und lauschte seiner klangvollen Stimme.“

„Und blieb er Vorarbeiter, bis mein Vater die Finca verkaufte?“

„Er verließ uns lange vorher. Eines sonntags, als er auf der Straße Stellung bezogen hatte, um auf den Bus zu warten, nahm ihn eine Ausländerin in einem großen, teuren Auto mit. Ich hab‘s gesehen. Ich dachte, die Frau wäre eine Hexe, die ihn verzaubert hatte und ihn in einer weißen Kutsche mitnahm, wie die, welche die unschuldigen Kinder ins Fegefeuer bringt.“

„Was erzählst du nur für Unsinn, Großmutter! Weil er im Wagen einer Ausländerin fuhr, glaubst du schon, er würde auf ewig verdammt werden?“

Victor überkam ein gewisses Unbehagen, als ihm einfiel, dass auch er im Wagen einer Ausländerin gefahren war.

Wenn der Großmutter das zu Ohren käme, würde sie ihn auch als Sünder ansehen.

„Wir Frauen aus dem Tal wissen mehr über die Männer als sie selbst."

Victor errötete. Sollte die Großmutter etwas von seiner geheimen Leidenschaft für Señora Milton wissen?

„In jener Nacht kehrte er nicht auf die Finca zurück. Auch nicht am nächsten oder übernächsten Tag…", fuhr die Alte in ihrer Erzählung fort. „Das gefiel uns überhaupt nicht. Für mich war es wie ein böses Omen, vor allem als ich entdeckte, dass auch unser Kanarienvogel dem Käfig entkommen war."

„Und wohin war er entwischt?"

„Der Vogel? Nicht sehr weit. Er blieb auf dem Gelände der Finca und lebte frei in den Indischen Lorbeerbäumen. Manchmal hörten wir ihn singen, aber wir bekamen ihn nie mehr zu sehen."

„Und Avelino?"

„Ach, dieser komische Vogel begab sich in den Süden der Insel. Mehrere Jahre befand er sich in den Fängen des fremden Ungeheuers…"

Victor fühlte sich bei den Worten der Großmutter unbehaglich.

„Warum nennst du sie Ungeheuer?"

„Ich hab sie einmal gesehen, hier, auf der Fiesta des Heiligen Isidro. Sie war viel älter als Avelino. Sie hatte das Gesicht einer Frau und den Körper eines Raubvogels."

„Großmutter, du hattest eine Erscheinung. Solche Wesen gibt es nicht!", protestierte Victor.

„Sie war ein Vogelmensch", beharrte die Alte und presste die Lippen aufeinander.

Dem Jungen wäre es lieber gewesen, die Unterhaltung hätte einen anderen Kurs genommen. Nur zu gern hätte er erfahren, was Avelino Nevero von dem großen Berg wusste, aber die Großmutter zog andere Themen vor.

„Sie war eine sehr reiche, überspannte Frau, erzählten die Leute. Und da unten im Süden begann sein Untergang; er wurde zum Weiberhelden, und sie ließ ihn sitzen und kehrte nach Schweden zurück, in ihre Heimat. Und das war gut so, meinst du nicht?"

„Großmutter, erzähl mir von der Zeit, als er Eismann wurde...", bat Victor.

Die Alte brachte mit nervösen Fingern ihr Tuch in Ordnung. Ihre Lippen zitterten.

„Also, eines Tages erschien er wieder auf der Finca und wollte Arbeit, aber dein Großvater war sehr verärgert, weil er damals einfach weggegangen war. Außerdem arbeitete dein Vater schon als Vorarbeiter, und einen zweiten brauchte man nicht. Auf jeden Fall blieben dein Großvater und Avelino weiterhin gute Freunde; mein Mann schenkte ihm das Maultier, damit er sich eine ehrenhafte, Gott wohlgefällige Arbeit suchen konnte."

„Wurde er damals Eismann?"

„Ja, so war es. Er schleppte den Schnee und den Schwefel vom Berg herunter. Er kam oft bei uns vorbei und schenkte uns die gelben Steine. Sie waren mir unheimlich."

„Und erzählte er vom Berg?"

„Er war vernarrt in die Höhe. Immer sagte er, dass er sich über den Wolken glücklich fühle, aber den Teufel fürchtete... Was er fühlte, war ‚große Einsamkeit'. Und ich sah ihn vor mir in meinen Träumen, wie er einsam durch weite Wolkenfelder zog, das alte Maultier hinter sich und *habaneras* singend, um die bösen Berggeister einzuschläfern."

„Großmutter", fragte Victor ängstlich, „hast du auch von Avelino geträumt?"

„Ich hatte Angst vor ihm. Er stank wie der Teufel. Meine Träume waren Albträume, in denen ich auf dem Maultier am Rand eines Abgrunds ritt und mich verzweifelt an jenen gelben Menschen klammerte, der mich zur Hölle brachte."

Schnell bekreuzigte sich die Alte.

„Was erzähle ich da nur für Sachen!", rief sie aus. „Warum hast du mich danach gefragt?"

Victor zuckte mit den Achseln.

„Weil ich's halt wissen wollte", sagte er.

„Für gewisse Dinge bist du noch sehr jung", wies ihn die Großmutter zurecht und sah ihm fest in die Augen. „Du bist recht vorwitzig!"

„Als der Großvater starb…", begann Victor von neuem, um sie zum Reden zu ermuntern.

„Da verschwand auch Avelino Cruz", fuhr sie fort. „Die Zeit verging, ebenso wie die Albträume mit diesem Mann. Da brachte mir deine Tante Ambrosina, die hinauf in die Stadt gegangen war, um Fisch zu verkaufen, Nachricht von ihm. Avelino lag im Hospital im Sterben. Eines Morgens trabte das Maultier beladen mit Schwefel allein durch die Straßen des Dorfs. Die Leute vermuteten, dass dem Eismann etwas zugestoßen wäre und organisierten einen Hilfstrupp, der ihn suchen sollte. Gott sei Dank war er noch am Leben, als sie ihn da oben fanden, und sie entrissen ihn den Zähnen des Berges, den er schon reichlich geplündert hatte."

Die Großmutter legte eine Pause ein und nestelte wieder an ihrem Tuch.

„Der Mann tat mir leid. Er war ja wirklich ein enger Freund meines Mannes, und unsere Kinder mochten ihn sehr. Von früh an zeigte er deinem Vater die Geheimnisse des Berges und machte ihn so zum besten Bergführer. Also besuchte ich ihn im Hospital."

„Und lag er tatsächlich im Sterben?", wollte Victor wissen, denn die Worte der Alten hatten ihn gepackt.

„Für mich war er schon tot."

Die Großmutter öffnete erstaunt die Hände, als ob sie enttäuscht wäre, sie leer zu sehen.

„Sein Körper war gelblich, die Haare waren ihm ausgefallen, und er sah mich mit vor Schreck geweiteten Augen an, ohne auch nur ein Wort zu sprechen."

„Aber er lebt, Großmutter!", bekräftigte der Junge.

„Glaubst du? Manchmal legt der Tod die Maske des Lebens an. Der Mann, den du jetzt siehst, ist nur die leere Hülle von Avelino Cruz. Innen drin hat er nichts mehr."

„Und früher? Woraus bestand er früher?"

„Das hab ich nie herausgefunden", sagte die Großmutter. „Aber etwas musste er schon an sich haben, denn als er aus dem Hospital entlassen wurde, kam er auf die Finca, um mir für den Besuch zu danken. Dann wurde es ihm zur Gewohnheit, jeden Freitag zu erscheinen, und ich stellte fest, dass er Feuer gefangen hatte."

„Er besucht dich immer noch jeden Freitag…"

Die Alte brach in Gelächter aus.

„Jetzt nicht mehr, Victor! Jetzt kommt nur noch seine äußere Hülle, ganz automatisch!"

In beunruhigender Weise verlor das Tal immer mehr von seinem einstigen Reichtum. Die Weinfelder und Bananenpflanzungen, die einmal mit ihrem satten Grün für Geld und guten Ruf gesorgt hatten, verwandelten sich nun in aufgegebenes Brachland, auf dem unheilvolle Tafeln standen: *To let* oder *Zu verkaufen*. Wie Vogelscheuchen sahen sie aus, die mit weit geöffneten Armen die Fremden empfingen und die armen Bauern von ihren Feldern vertrieben.

Auch das Meer verhielt sich abweisend, und es schien, als ob das Unheil wie eine Flut über die Fischer hereinbrechen wollte, sodass sie ihr Fischerhandwerk aufgeben mussten und ihre Boote sich in hölzerne Skelette verwandelten, die nutzlos auf den Kieseln des Strandes lagen und unter dem Einfluss von Sonne und Salz langsam zerfielen.

Victor besaß eine Art von sechstem Sinn und witterte Gefahr: Das Tal würde sich in eine große Stadt aus Eisen und Beton verwandeln, um die Touristen zu beherbergen, die durch eine schnelle, wirksame Werbung angelockt würden; man würde sie einladen, ein Paradies wieder zu entdecken, das von Weisen und Dichtern ganz Europas, angefangen bei Homer, besungen worden war.

Victor hatte eine genaue Vorstellung von der verheerenden Zukunft, die das Tal erwartete, das Tal, das er so liebte, dieses weite grüne Meer seiner Kindheit, das so voller natürlicher Schönheiten und unvergesslicher friedvoller Winkel war. In Gedanken versunken, traurig und zerstreut, ließ er sich von der lärmenden Menge mitreißen, die sich in Richtung Hafen bewegte, um an der Prozession zu Ehren der Jungfrau vom Karmel teilzunehmen, der Patronin der Seeleute. Vor Victor gingen sein Vater, die Großmutter und Tante Ambrosina. Alle hatten für die feierliche Schiffsprozession der Meereskönigin ihre Sonntagskleider angelegt.

Die Alte weihte ein schwarzes Seidentuch ein und Tante Ambrosina ein tabakfarbenes Kleid mit weißen Rosen. Der Vater hatte aus der alten Truhe sein graues Jackett gezogen, das einzige, das er je besessen hatte; es roch nach Äpfeln, trug am linken Ärmel noch den Trauerflor in Erinnerung an seine Ehefrau, und die alten Flecken vom Blut der Bananen waren noch nicht verblichen.

Die Bewohner des Tales litten schon lange unter dem Mangel an Fischen, und Groß und Klein hatten es sich zur Gewohnheit gemacht, täglich an den Strand zu kommen, um das Meer zu züchtigen; sie bewarfen es mit Steinen und schleuderten ihm Verwünschungen entgegen, im Glauben, den Urheber des schrecklichen Unglücks, das die Fischerfamilien ruinierte, so zu vertreiben. Die alten Fischer wachten ganze Nächte hindurch an ihrem Platz auf der kleinen Mole; traurig und schweigsam schauten sie bald aufs Meer, bald zum Himmel und warteten auf das Wunder, dass das Meer wieder Fische gebäre. Einige erzählten, es habe sein Geschlecht geändert, es sei jetzt männlich und habe nichts mehr mit Gott zu tun, sondern gehöre einem weißen, riesigen Dämon mit dem Körper einer gehörnten Sirene, von der manche behaupteten, sie haben sie in Mondnächten am Horizont wandeln sehen.

„Das muß Jobs Leviathan gewesen sein“, sagten die Bibelfesten.

„Egal, wer es war: Er muss aus diesem Wasser verschwinden!“, war die einhellige Meinung der Mehrheit.

Und so kam es, dass Onkel Eduardo, der Vorsitzende

der Bruderschaft der Fischer, mit dem Dorfpfarrer sprach; dieser sollte die Heilige Jungfrau den Seeleuten überlassen, die sie in einer Prozession über das Meer fahren wollten, damit sie durch ein Wunder dieses teuflische Ärgernis vertreiben könne.

Als Victor und seine Familie die Mole erreichten, begann es zu dämmern. Dort draußen auf dem Meer wurden die Lichter des Bootes, in dem die Heilige Jungfrau fuhr, entzündet, und es war ein prächtiges Schauspiel, der so wunderbar beleuchteten Meereskarosse zuzusehen, wie sie vor dem Dorf hin- und herschwamm, um die Fischer von ihrer Angst zu befreien.

Am Himmel entfaltete sich das Feuerwerk in großen Chrysanthemenblüten. Über die Jungfrau ergossen sich goldene Tränen, und die Menschen beteten und schrien nach dem Wunder.

„Gib uns Fisch, Jungfrau vom Karmel!“, riefen die Fischer mit Tränen in den Augen.

Kleine Sardinen, große Sardinen, Makrelen, Stöker, irgendwas, und das Meer wäre gerettet.

Unter das Geschrei mischten sich Gebete, Volkslieder und Hochrufe auf die Heilige Jungfrau und San Telmo, der sie auf allen Prozessionen begleitete, ein kleiner netter Heiliger, den die Leute liebevoll verunglimpften, indem sie ihn „warmer Bruder“ nannten.

Es war schon tiefe Nacht, als die Königin der Meere an Land ging und die Prozession in den alten Gassen des Dorfes in Gang kam. Gepflasterte, lange, enge Gassen, die sich zwischen den bescheidenen Häuschen der Fischer hindurchschlängelten.

Victor ging langsam mitten in der Menge, hinter seinem

Vater, dessen Augen verzückt an dem kostbaren weißen, silberbestickten Mantel der Jungfrau hingen, der wie eine Lichterkaskade vom Himmel zu fallen schien. Unaufhörlich riefen die Leute der wunderschönen Statue Schmeicheleien und Lobeshymnen zu; geheimnisvoll schwebte sie durch die Luft und durchschritt die Rauchschleier der Fackeln und bengalischen Feuer, wobei sechs alte Seeleute, unter denen Victor seinen Onkel Eduardo erkannte, sie auf den Schultern trugen. Aus sechs Mitgliedern setzte sich auch das Musikkorps der Jagdhörner und Tamburine des Roten Kreuzes zusammen; mit ihrem Lärm begleiteten sie die Prozession, die längs der Küste zog. Wie es Sitte war, ließen sie die Heilige Jungfrau ein Weilchen vor dem Haus rasten, in dem die Witwe des zuletzt ertrunkenen Fischers wohnte. Aus den Fenstern und von den Balkonen der Dorfbewohner ergossen sich wie eine warme duftende Woge Körbe voller blauer Blumen; tröstend überflutete sie die in Trauer gekleidete Gestalt einer jungen Frau, die vor dem Bild der Patronin der Seeleute auf die Knie gefallen war.

Auch war es Brauch, ein Rad aus Feuerwerkskörpern zum Gedenken an die im Meer Verschwundenen zu entzünden, und plötzlich flammte die Straße in grünem, gleißendem Licht auf, und es ertönte das Knattern der fünfzig im Kreis angeordneten Raketen, die versuchten, sich wie die Teufel in den eigenen Schwanz zu beißen, sich am Ende aber mit einem schrecklichen Knall in tausend Funken und eine dichte Rauchwolke auflösten, aus deren Mitte die Umrisse eines alten Mannes sichtbar wurden, der zwei Hüte übereinander trug, zwei Jacketts und drei Hosen, um im Innern des höllischen Scheiterhaufens unversehrt zu bleiben. Die Luft aber war von Schwefelgestank erfüllt, und

Victor tippte der Großmutter, die mit Tante Ambrosina vor ihm ging, in den Rücken, wies auf die komische Gestalt des Feuerwerkers und rief: „Sieh mal, Großmutter! Da steigt Avelino Cruz aus der Hölle!“

„Das sähe ihm ähnlich! Immer steckt er mitten im Feuer und brennt doch nicht. Teufelskerl!“, stieß die Alte hervor und bekreuzigte sich.

Aus der Rocktasche zog sie den Rosenkranz aus Schneckengehäusen, den ihr Sohn Eduardo ihr einmal geschenkt hatte, und begann mit den Worten: „Gegrüßet seist du, Maria…“

Die Prozession zog weiter die Straße entlang und überquerte den Hauptplatz; dort begann die über Nacht entstandene neue Stadt, deren Zementmassen wie drohende Monster auf das Meer zu rückten und versuchten, den schmalen Saum des einfachen, schon zerfallenden Fischerviertels zurückzudrängen. Eine große Schar Touristen kam neugierig näher, um den beeindruckenden kirchlichen Umzug vorbeiziehen zu sehen, und die Fotoapparate wurden nicht müde, dem süßen Antlitz der Jungfrau ihre Blitzlichtgrüße hinüberzusenden. Einige Autos blieben in der Menge stecken, und Victor stockte das Blut, als er den blauen Mercedes von Don Evaristo Ponte entdeckte und mitten drin Señora Milton, die zwischen ihrer Tochter Maggie und dem Architekten saß. Victor versteckte sich hinter seinem Vater; gleichzeitig zog er ihn am Ärmel und machte ihn auf das luxuriöse Automobil aufmerksam.

„Sieh mal dort drüben, Vater, in dem blauen Auto sitzt Señora Milton!“

Victor dachte, sein Vater wäre beim Anblick der englischen Dame, die ja laut Tante Ambrosina eine wunderbare

Ähnlichkeit mit seiner Mutter hatte, irgendwie bewegt. Der Mann drehte den Kopf in die angegebene Richtung, aber sein Blick ging über den Wagen hinweg, streifte die Betonbauten und verlor sich in unendlicher Ferne, wie der eines Blinden. Victor konnte in den Augen seines Vaters nicht einmal annäherungsweise die geringste Verwunderung erkennen. Danach betrachtete der Vater wieder versunken den Mantel der heiligen Jungfrau, die weiß glänzend vom Himmel stieg, in ihrer Pracht wie jener Berg, der ihn mit seinen Geheimnissen so gefangen nahm.

Victor ließ Señora Milton nicht aus den Augen; er fand sie so schön wie immer, obwohl ein Hauch von Traurigkeit über ihr lag, der sich zu verstärken schien, wenn sie die Heilige Jungfrau ansah. Maggie und Don Evaristo lachten unbeteiligt und lutschten an einem Eis. Victor überkam eine furchtbare Eifersucht, und er ballte vor Wut die Fäuste, und mit einem Mal fühlte er sich minderwertig: Er war einfach zu jung und zu arm.

Sein Komplex wurde noch stärker, als er auf fast allen Gebäuden in der neuen Stadt ein Hinweisschild entdeckte: Entwurf: Architekt Evaristo Ponte.

Wenn ich erst erwachsen bin…, dachte er, wie immer, wenn er sich unterlegen fühlte. Aber diesmal hatte er nicht den Mut, sich in tröstlichen Gedanken zu ergehen; sie fielen in sich zusammen wie das, was sie in Wirklichkeit waren: Luftschlösser oder Kartenhäuser, in die der Wind blies.

Victors Gedanken kreisten um den Schaden, den ihm seine Vorliebe fürs Träumen und der Hang, mit seiner überschäumenden Fantasie die Wirklichkeit zu verändern, zufügte; mehrere Tage lang verließ er nicht das Haus und beschäftigte sich immer wieder mit seinen Zukunftsplänen; unbedingt wollte er sich für einen der Wege entscheiden, die ihm Erfolg versprechend erschienen, denn sein Ziel war, eher heute als morgen ein reicher Mann zu sein, wie Don Evaristo Ponte … oder vielleicht noch einflußreicher.

Eines Nachts träumte er, dass ein sternenbesetzter Himmel über dem Tal zusammengestürzt sei und Bäume, Tiere und die einfachen Bauersleute zwischen mächtigen Blöcken aus Himmelstrümmern gefangen wären. Als die Sonne aufging, rannte Victor zum Fenster, um sich die Überreste der schrecklichen Katastrophe anzusehen und stellte mit Staunen fest, dass sich über die ganze Fläche der ursprünglichen, wunderschönen Landschaft eine Stadt mit zahlreichen Wolkenkratzern erhob, wie ein zweites New York. An den Fassaden all dieser grässlichen Häuser waren große Tafeln angebracht, die ihr baldiges Verschwinden ankündigten: Abrissunternehmer: Victor Santos.

Als Victor erwachte, lag noch ein kleines, stolzes Lächeln auf seinen Zügen. „Das wäre nicht schlecht, Zerstörungsarchitekt zu werden“, sagte er sich. Aber augenblicklich fiel ihm seine Abneigung gegen die exakten Wissenschaften ein, und wenn er ein guter Architekt werden wollte, müsste er eine Menge Mathematik studieren. Außerdem würde es noch lange dauern, bis die Ausbildung beendet wäre, und es war anzunehmen, dass er in einigen Kursen nicht die Prüfung schaffen und so zu einer erheblichen Belastung der ohnehin schwachen Familienkasse werden würde. Besser wird der andere Weg sein, dachte Victor. Das bedeutete, aus dem Tennisspiel einen Beruf zu machen, denn er hielt sich für superbegabt für diese Sportart; mit aller Wahrscheinlichkeit könnte er ein berühmter Champion werden und bald das nötige Geld verdienen, um das ganze Tal aufzukaufen, es seinen wirklichen Eigentümern zurückzugeben und dafür zu sorgen, dass es zu seiner alten, natürlichen Schönheit zurückfände.

Viele Tage lang ging Victor sehr früh am Morgen aus dem Haus, versehen mit einem Tennisschläger und einem Ball und eilte zum Training auf den Kirchplatz, wo sein Gegenspieler die große weiße Mauer des Gebäudes war, die nach einigen Wochen mit ihren schwarzen vom Tennisspieler verpassten Ballspuren dem Fell eines Dalmatiners glich.

Es dauerte nicht lange, bis Victor die Nutzlosigkeit dieser Soloübungen erkannte, denn am wichtigsten war, wenn man es mit dem Spiel ernst nahm, einen Lehrer zu haben, der einem die richtige Spieltechnik und alle nötigen Tricks beibrachte. Es war nicht zu umgehen, wieder mit Señora Milton zu spielen, und der Junge überlegte hin und her, wie er es anstellen könne, seine Freundschaft mit Maggie und die Besuche in der Villa Albion wieder aufzunehmen. Victor wusste, dass er, um den dummen Streit mit seiner Freundin Maggie beizulegen, vor der kleinen arroganten Engländerin als heldenhafter Besteiger des weißen Bergs erscheinen und ihr als Beweis seiner Heldentat das geheimnisvolle, heiß begehrte Veilchen bringen müsse, das im Schutz des gewaltigen Vulkans wuchs. Dies war die einzige Lösung seines Problems, wenn er in der Villa der Engländerinnen wieder verkehren, sich Señora Milton wieder nähern und mit größtem Nachdruck seine Karriere wieder aufnehmen wollte. Aber hatte er den nötigen Mut, sich dem gefährlichen Zauber des Berges zu stellen? Konnte er das einst seinem Vater gegebene Versprechen, niemals auf diesen dämonischen Gipfel zu steigen, brechen?

Victor erinnerte sich an Maggies Worte, welche die Verärgerung ausgelöst hatten: „Glaubst du wirklich, dass ein Berg oder eine Blume verzaubert sein und unser Leben irgendwie beeinflussen können?“ – „Das sind bestimmt Fantasien von Bauern, die nicht lesen und schreiben können.“ – „Wir aber haben unsere Kultur, wir sind studierte Leute, und dürfen nicht an Zauberei und Märchen für Kinder glauben.“ – „Glaubst du wirklich an heilige Schwüre und all diese Lügenmärchen, die deine Leute erzählen?“ – „Du bist ein Lügner und ein Feigling! Das bist du!“ – „Ich verbiete dir, mich weiter zu besuchen!“

Victor hatten diese Vorwürfe sehr verletzt, und aus Stolz hatte er den Kontakt mit den beiden Engländerinnen, Mutter und Tochter, abgebrochen; wie ein unwissendes, unglückliches Kind kam er sich bei ihnen vor, der Sohn armer Bauern, dem es an Möglichkeiten fehlte, sich dieser so anderen modernen Welt, die reich und lässig war, anzupassen und in die er für kurze Zeit einen Einblick erhalten hatte, indem er ihre Gewohnheiten und ihre Art zu denken, ihre fremde Mentalität, beobachten konnte.

Sofort traf er eine Entscheidung, die er umgehend seiner Großmutter und seinem Vater mitteilte.

„Ich gehe auf Exkursion“, kündigte er an.

„Wohin soll‘s gehen?“, wollte der Vater wissen.

„Zum Monte Verde. Ich muß für den Botanikunterricht Pflanzen suchen. Wahrscheinlich werde ich einige Tage im Wald bleiben.“

„Ich gebe dir ein paar Butterbrote mit“, sagte die Großmutter.

„Wer begleitet dich?“, fragte der Vater.

Victor schluckte und dachte, sein Vater würde ihm nicht

die Erlaubnis geben, wenn er offen sprach. Dann aber gab er sich einen Ruck und sagte die Wahrheit. „Ich gehe allein." Seine Worte klangen beiläufig, aber innerlich zitterte er.

Dem Vater schien die Idee zu gefallen, denn zum ersten Mal seit vielen Jahren lächelte er zufrieden.

„Du kannst meinen Schlafsack mitnehmen, falls ihn nicht schon die Ratten verspeist haben", bot er ihm an. „Es war ein guter Schlafsack."

„Ich wollte euch gerade darum bitten, Vater", sagte der Junge gerührt.

Sieben

JETZT SOLL DIESE DUMME ENGLÄNDERIN erfahren, wer ich bin, sagte sich Victor und drang immer weiter in den Lorbeerwald mit seinen typischen Bäumen ein; entschlossenen Schrittes ging er durch das Heidekraut und streifte an Dornbüschen vorbei, die auf weite Strecken den schmalen Pfad verdeckten, der in das dämmerige Dunkel tief innen im ungewöhnlichen Baumtempel des Lorbeerwalds führte. Es war ziemlich feucht, und nachdem er eine Weile durch das Unterholz gewandert war, waren Victors Kleider durchnässt; er zitterte vor Kälte. An einigen Stellen brachen wie eine Lichtdusche die Sonnenstrahlen durchs lockere Astwerk, und Victor ruhte sich darin aus, wurde halbwegs trocken und konnte sich aufwärmen. Er saß unter einer dieser vom Himmel gesandten Lichtkaskaden, als sein Blick zufällig auf eine Gruppe kleiner blauer und rosa Blumen fiel, die er als Vergissmeinnicht identifizierte, eine auf der Insel sehr selten vorkommende Spezies, die ihm wie gerufen kam, um seine ohnehin schon umfangreiche Pflanzensammlung zu bereichern. Umsichtig pflückte er ein Pflänzchen und brachte es in einer metallenen Zigarettendose der Marke Player's unter, die er in seine Hemdentasche gesteckt hatte, falls er etwas finden würde, für das sich das Sammeln lohnte.

Noch am Nachmittag zogen Wolken am Himmel auf, und im Wald wurde es so dunkel, dass Victor, um sich nicht zu verirren, die Laterne anzünden musste, sonst hätte er den halb versteckten Pfad, der ihn bis zur Höhe des Gebirges führen sollte, aus den Augen verloren.

Als das Ende der dichten Vegetationszone erreicht war, war es tiefe Nacht, und Victor fiel vor Müdigkeit um.

Unter Zistrosenbüschen rollte er den Schlafsack aus und nutzte ein weiches Graspolster als Matratze, um ein wenig auszuruhen.

Und diesmal weckten ihn nicht in aller Früh die Hähne mit ihrem durchdringenden Kikeriki, sondern die sanften, verhaltenen Rufe eines Uhus, der auf einem Fels saß. Es begann zu dämmern. Der Himmel war ohne eine Wolke, und im Westen verharrten noch ein paar zögerliche Sterne. Victor betrachtete versunken die aufrechte Silhouette des Vogels und stellte sich vor, er sei der Türhüter eines verheißungsvollen Paradieses. Hinter ihm öffneten sich gerade die roten Tore des neuen Tages.

Mehrere Stunden schon wanderte Victor über den Gebirgskamm, der aus einem unendlich weiten Wolkenmeer hoch über der Insel aufstieg. Vor ihm lag, gigantischer als je zuvor, der gläserne Berg und sandte Strahlen aus, die sich wie blanke Schwerter am Himmel kreuzten. Victor dachte, wie schwierig und gefährlich es sein müsste, den Gipfel des riesigen Vulkans zu erklimmen. Für einen Augenblick stellte er sich Avelino Nevero vor, wie er ganz allein in dieser unwegsamen Gegend unterwegs war und das Maultier auf der Suche nach Eis und Schwefel hinter sich her zog. In seinen Augen war dieser Mann ein Held, ein Champion des Hochgebirges, und er wollte ihm nacheifern. So lief er den ganzen Tag durch eine nicht enden wollende Hochebene, eine Wüste aus Vulkanasche, die sich nach und nach in einen fantastischen Garten hoch über den Wolken verwandelte. Überall wuchsen große Mengen von weiß und rosa blühendem Teide-Ginster und dazwischen die gelben Büsche des Strohkrauts. Er meinte, eher zu schweben als zu gehen, als ihn der Weg durch Schaumteppiche aus weißen Margeriten und blauem Teide-Lack führte. Als er den hohen schlanken Blütenschaft des roten Natterkopfs entdeckte, ging ihm das Herz auf, und er erinnerte sich an die Worte seines Botaniklehrers, dass diese Spezies gemeinhin als Stolz der Insel bekannt sei.

Um Mittag glaubte Victor in der Ferne das spiegelnde Wasser eines riesigen Sees zu erkennen; er beschleunigte seine Schritte, weil er plötzlich Durst verspürte, aber als er zwei Stunden lang gelaufen war, bemerkte er, dass er genau so weit vom See entfernt war wie zu Anfang; erschöpft ließ er sich in den Schatten eines gewaltigen Felsbrockens fallen, eine der Vulkanbomben, die der Bergteufel in einem Wutanfall vor langer Zeit von sich geschleudert hatte. Da wusste er, dass es den See gar nicht gab, und was er verfolgt hatte, war nur die Wirkung der Sonneneinstrahlung, eine durch die heiße Luft und auch durch die flimmernden Glassplitter des Obsidians erzeugte Spiegelung, denn der Obsidian bildete dort einen dichten schwarzen Strom wie Teer, eine dunkle, glänzende Zunge am immer noch fernen Horizont. Auch der Berg war nach diesem erschöpfenden Marsch kein bisschen näher gekommen. Victor dachte, dass es sich in Wirklichkeit um einen verhexten Berg handelte, und dass er deshalb stets in weiter Ferne blieb, unberührbar und unnahbar, wie er ihm auch immer im Traum erschien. Im Augenblick begnügte er sich damit, ihn in seiner ganzen Majestät einfach anzusehen, bis die Sonne im Westen verschwand und die große steinerne Wand in eine Art Trauer tragende Riesenpuppe verwandelte, deren weiter Schattenmantel sich nach und nach über der Lava ausbreitete, in deren versteinertem Wellengang Victor den Kurs verloren hatte.

Es war tiefschwarze Nacht, aber die Sterne waren so zahlreich, dass sie sich am Himmel drängten und eine einzige leuchtende Galaxie bildeten, deren Glanz genügte, um die Geheimnisse der Mondlandschaft zu entziffern. Die Luft wurde immer dichter, und für Augenblicke war sie so von Ginsterduft gesättigt, dass man nicht mehr atmen konnte. Der süße, starke Honigduft verwirrte allmählich Victors Sinne, bis er sich in einem Halbschlaf ähnlichen Zustand befand. So nahm er seine Wanderung wie ein Schlafwandler wieder auf, wobei er ins Innere eines Felslabyrinths vordrang, das in allem einer verzauberten Stadt glich, deren Gebäude von einem surrealistischen Architekten entworfen zu sein schienen. Türme ohne Innenleben, seltsame Paläste und Schlösser mit schartigen Umrissen bildeten den Kern eines von engen Gassen durchzogenen Ortes, den Victor ein übers andere Mal durchlief, ohne den Ausgang zu finden. Alle mündeten im Innern auf einem großen Platz, auf dem sich Victor, vollkommen erschöpft und in der Überzeugung, von den übersüßen Schwaden des Ginsters verhext zu sein, auf einen weichen Teppich silbriger Gräser fallen ließ.

Allem Anschein nach ging es hier nicht mit rechten Dingen zu, denn obwohl Victor todmüde war, konnte er die ganze Nacht kein Auge zutun und verbrachte sie in einem ständigen Wechsel zwischen Angst und Staunen, hervorgerufen durch das nächtliche Treiben in jener Landschaft, in der er fremdartige Tiere wie Löwen mit erhobenen Tatzen und sich windende Drachen zu sehen glaubte. In allen Ecken erkannte er Mönche, die starr und stumm der nie enden wollenden Litanei lauschten, die der Wind murmelte. Auch war die Stadt von einem weiten Kreis von Kriegern umgeben, die sich auf ihre Schwerter stützten, um auszuruhen, aber was Victor am meisten fesselte: Er sah sich plötzlich von einer Schar Mädchen umringt, die ihn mit großen, traurigen Augen so lieblich und eindringlich anblickten, dass er schließlich vollkommen hypnotisiert war.

Als er wieder zu sich kam, schaute er lange wie verzückt zum Himmel auf. Er wunderte sich, dass, obwohl es völlig wolkenlos war, kein einziger Stern zu sehen war, und der Himmel wie ein niedriges, verräuchertes Dach wirkte, das ihn in seiner Dunkelheit daran hinderte, die vier Himmelsrichtungen zu benennen. Auch der Berg war wie weggewischt. Victor fühlte seine Gedanken langsam verschwimmen, wobei seinem Körper ein leichter Duft von Melisse entströmte, und dachte dann noch, das sei der Tod.

Er befand sich in einem engen Raum mit einer Luke, durch die ein wenig Helligkeit eindrang, wodurch er die ihn umgebenden Dinge gerade erkennen konnte. Es wurde wohl bald Tag, und schon fielen die Strahlen der Sonne auf einen alten Aluminiumkessel, der an der Wand neben anderen verrußten Geräten voller Beulen hing. Die Luft im Raum war verbraucht. Es roch nach ranzigem Speck, nach Rauch und Lavendel. Victor richtete sich in seinem Klappbett auf, das ihm als Lager diente, und reckte sich zum Fenster hin, um frische Luft zu atmen.

In der Mitte der Kammer standen ein grober Tisch aus Kiefernstämmen und zwei Hocker mit drei Beinen. An einer Wand hingen ein alter Hut und eine schmierige Decke aus Schafwolle. Seitlich davon eine improvisierte Kommode mit einem zersprungenen Spiegel, einem Bild der Jungfrau Maria und einem brennenden Öllicht als Huldigung oder als Erinnerung an eine unserer *Lieben Frau vom Schnee* empfohlene Seele. Neben der Kerze blühte in einem mit Wasser gefüllten Glas eine kleine blaue Blume. Angezogen von der seltsamen, liebevollen Anordnung des schlichten Altars sprang Victor auf. Er hatte das Empfinden, dass sich die süß-säuerlichen Gerüche der Nacht in einen einzigen Duft verflüchtigten, und der strömte aus der Blume im Glas. Plötzlich tat Victors Herz vor Freude einen Sprung, und am liebsten hätte er laut triumphiert, denn er hatte das Bergveilchen vor sich, genau das, nach dem er suchte und das für ihn der einzige Schlüssel war, der ihm von neuem die Tür zum Herzen der Señora Milton öffnen könnte.

„Ein gutes Omen!" Victor wusste nicht, ob er aufgeschrien oder seine Bewegung hatte unterdrücken können. In diesem Augenblick öffnete sich die Tür, und in einem Schwall von Tageslicht erschien ein Mann, der sich wie ein Hund schüttelte und sich auf die Hosenbeine schlug, um die daran klebende Erde abzuklopfen. Aus einer Staubwolke erklang eine Stimme, die sich an Victor wandte: „Ah, du bist schon auf! … Dann geht es dir ja wieder gut!"

Als sich der dichte Staub gelegt hatte, erkannte Victor, dass es sich um einen kräftigen, blonden, braun gebrannten Mann handelte, der ihn freundlich anlächelte und dabei einen großen schwarzen Vogel kraulte, den er in den Händen trug. Ohne sich vorzustellen oder sonstige Angaben zu seiner Person zu machen, lud er Victor ein, sich an den Tisch zu setzen.

„Ich bringe dir einen Napf Ziegenmilch, frisch gemolken; die wird dich völlig wieder auf die Beine bringen. Hast du Kopfweh?"

„Nein, ich fühle mich sehr gut", sagte Victor. „Ich möchte nur wissen, wo ich bin, und was mit mir passiert ist."

Der Mann setzte sich den Vogel auf die Schulter.

„Wirklich, Junge", begann er. „Durch diese Wüstenei hier oben kann man nicht ohne Hut gehen. Ich habe dich zwei Kilometer entfernt besinnungslos auf dem Boden gefunden und dich in meinen Palast getragen."

Victor zog die Stirn kraus und sah sich in der elenden Behausung um, in der es nur vier verrußte Wände und ein paar spärliche Möbel gab, an denen der Zahn der Zeit genagt hatte. Er glaubte, es mit einem Irren zu tun zu haben.

„Ach ja, du bist für bestimmte Dinge noch reichlich jung", sagte der Mann, der Victors Gedanken erriet, und fuhr fort: „Lassen wir das mit dem Palast und sagen wir einfach, dass ich dich zu meiner Hütte oder meinem Unterschlupf trug. Besser so, ja?"

Komplizenhaft zwinkerte er ihm zu und lächelte freundlich. Dann fuhr er fort, indem er auf den Vogel wies, der es sich auf seiner Schulter bequem gemacht hatte: „Nun, mein Freund Tobias hat dich gefunden. Mit ausgebreiteten Flügeln saß er auf deinem Kopf, um dir Schatten zu spenden und dich so vor der Höhenkrankheit zu retten. Als ich dich auf den Armen hielt, wurdest du schon so durchsichtig wie Eis, und ich musste dich ganz mit lauwarmem Melissengeist abwaschen. Dann zündete ich vor unserer Lieben Frau vom Schnee dieses Öllicht an: Vielleicht könnte sie dich ja wieder ins Leben zurückholen."

Victor erschrak. In welch anderer Welt war er gewesen? Argwöhnisch betrachtete er den Vogel und seinen Herrn. Er wollte ihnen danken, brachte aber keine Silbe über die Lippen. Genau so erging es ihm, als er sich wenig später dem Schrankbord näherte, auf dem das Bild der Jungfrau Maria stand, und die Kehle schnürte sich ihm zu, als er das Foto seiner Mutter im Brautkleid vor sich sah. Es war die Erscheinung eines Augenblicks, die wieder dahinschmolz, und er konnte die Tränen nicht zurückhalten.

Eine Weile betrachtete er still das Andachtsbild und wusste nicht, was er tun sollte. Unbeholfen begann er, ein Ave-Maria zu beten, aber nur halb; dann betrachtete er intensiv das Veilchen im Wasserglas, das jetzt, berührt vom Degen eines Sonnenstrahls, in der vollen Schönheit seiner entfalteten Blütenblätter aufleuchtete. Victor dachte, der Teufel wolle ihn versuchen, es zu stehlen, und er war schon so weit, es mit spitzen Fingern zu ergreifen, als er unmittelbar hinter seinem Rücken die Stimme des Besitzers hörte: „Ich hole jetzt die Milch. Wenn du willst, kannst du mitkommen."

Er fühlte, wie der Duft der kleinen Blüte von allen seinen Sinnen Besitz ergriff, und in seinem Kopf erschien das Bild der Señora Milton, die sich ein Vergnügen daraus zu machen schien, ganze Hände voller Veilchen in die Luft zu werfen, wobei die Veilchen am Himmel hängen blieben.

Victor fand diese Vorstellung gar nicht so abwegig, denn als er aus der Hütte trat, hatte er vor sich den blauesten Himmel, den er je gesehen hatte. Er sah zur Sonne hoch und streckte die Hände aus, um die wohlige Wärme des Gestirns einzufangen und zu danken, dass er lebte. Dann bemühte er sich, die Landschaft wieder zu erkennen, die ihn umgab. Wäre nicht das gewaltige Bild des großen weißen Berges gewesen, der sich im Hintergrund erhob, Victor hätte geglaubt, in irgendeiner Mondwüste zu sein. Er befand sich auf einer felsigen Anhöhe, und zu seinen Füßen breitete sich dunkelviolett ein weites Meer aus rauer Lava aus, in dem allerlei Dinge und riesige, unheimliche Tiergestalten zu treiben schienen. In der Ferne erkannte Victor die Umrisse einer ausgedehnten Schlossanlage oder einer Festung, die ihn an die Stadt mit dem Gassenlabyrinth erinnerte, in dem er sich bei seiner nächtlichen Wanderung verirrt hatte.

In der Weite dieser versteinerten Welt war keine Menschenseele zu sehen. In der Ferne brachte die Luft, wie in einem Mantel aus Gelatine, die Landschaft zum Wabern. Es war die Hitze, die sich über die Wüste legte, eben dieses teuflische Feuer, das sich am Vortag in Victors Kopf ausgebreitet hatte und immer noch darin glühte, wenn auch nur noch als Funken; Victor fand durchaus nicht normal, was er sah und dachte, und nie hatte sein Blut so gepocht und gebrannt, als ob ein Schwarm von Mörderbienen durch seine Adern zöge.

„Es war ein Sonnenstich", sagte der Mann und leerte einen Eimer Wasser in eine Viehtränke.

„Sind Sie schon mal bis zum Gipfel des Vulkans gestiegen?“, fragte Victor plötzlich.

„Schon oft“, erwiderte der Mann und blickte zur Spitze des Berges hoch, wobei er seine Hand schützend über die Augen legte.

„Gehen Sie immer noch hinauf?“

„Der Teufel hat mir meine Kraft genommen.“

Er zuckte beiläufig mit den Schultern und fuhr fort: „Auf jeden Fall entgeht mir dort oben nichts.“

Victor entschloss sich auszusprechen, was ihm auf dem Herzen brannte.

„Was die Blume angeht, die bei Ihnen neben dem Bild der Jungfrau Maria steht, ist das das Veilchen, welches nur dort oben in der Höhe wächst?“

„Ja. Man sagt, dass der, welcher es dem Berg entreißt, sein ganzes Leben kein Glück mehr hat. Es verwelkt dann sofort.“

„Sind Sie vom Glück verlassen?“

„Ich habe nie erfahren, was Glück und was Unglück heißt. Für mich ist das mit dem Glück ganz einfach eine Sinnestäuschung.“

„Mir ist aufgefallen, dass die Blume, die Sie da haben, ganz frisch ist und duftet, als ob sie erst gerade gepflückt worden sei.“

Der Mann lächelte. Wahrscheinlich würde der Junge ihm nicht glauben.

„Seit mehr als hundert Jahren steht das Veilchen an dieser Stelle. Unsere Liebe Frau vom Schnee hält es am Leben. Voller Inbrunst bitte ich sie täglich darum.“

„Mehr als ein Jahrhundert?“, fragte Victor und pfiff innerlich voller Bewunderung.

Heimlich beobachtete er das Gesicht des Mannes, und obwohl er weder Runzeln noch Totenblässe entdeckte, sah er doch, dass die Augen sehr tief in ihren Höhlen lagen und klein und grau waren, wie Kugeln aus Stahl, ähnlich denen der Großmutter und anderer sehr alter Leute.

„Kannst du beten?", fragte der Alte, als er die Tränke mit Wasser gefüllt hatte.

Victor bejahte, sagte aber, dass er es nur sehr selten tue.

„Beten ist eine gute Sache. So als ob du singend arme Seelen aus dem Fegefeuer fischst, um sie vor dem Teufel zu retten. Du singst und tust gleichzeitig etwas Nützliches."

Er machte eine Pause und setzte sich neben den Trog. Dann lud er Victor ein, dasselbe zu tun.

„Jetzt müssen wir ein Weilchen warten", sagte er und reichte ihm seinen Hut aus Palmstroh. „Setz ihn auf. Du bist jung, und hier oben ist die Sonne sehr stark und gefährlich, und sie könnte dich von neuem zur Strecke bringen."

Victor nahm gern an, denn schon wieder fühlte er ein teuflisches Flimmern.

„Worauf warten wir?", fragte er neugierig.

„Auf die Ziegen. Sie werden gleich zur Tränke kommen. Sie wissen, dass heute der siebte Tag ist und dass ich ihnen alle sieben Tage frisches Wasser gebe. Hier oben in dieser Wüste gibt es noch mehr solcher Orte, ich aber biete ihnen das Wasser meines Brunnens an, das nach würzigen Kräutern schmeckt, und das lockt sie an."

Auch der Teufel lockte, und er tat dies mit der Blume des gläsernen Bergs. Victor vermutete sie im Innern des verschneiten Vulkans, der vor seinen Augen lag, und der ihm jetzt so nah wie nie zuvor erschien. Er streckte den Arm aus, und schien fast den riesigen Diamanten zu berühren, als die Stimme des Alten ihn aus seinem Traum, sich des Veilchens zu bemächtigen, in die Wirklichkeit zurückholte.

„Da kommen sie!“, sagte der Mann und zeigte auf den Staubwirbel, der sich in der Ferne erhob und den weiten Kessel der Cañadas durchquerte.

Victor beobachtete die Sandwolke, die näher kam und gleichzeitig immer dichter und breiter wurde; im Kern war die große Herde zu erkennen, die vorwärts preschte wie die Pferde eines Heeres im Sturmangriff.

„Das sind aber viele!“, rief Victor, den das Schauspiel plötzlich begeisterte.

„Es sind genau hundert. Wie immer. Nicht eine mehr oder weniger.“

„Wie können Sie so sicher sein?“

„Ich bete. Immer bete ich, dass keine verloren geht.“

„Und wenn sie Junge kriegen?“

„Die da bekommen keine Jungen.“

Sie schwiegen eine Weile. Der Alte tauchte die Hände ins Wasser und erfrischte sich Gesicht und Hals. Dann ließ er sich zu einer Erklärung herbei: „Du wirst sehen, Junge, die hierher kommen, sind keine Ziegen…“

„Schafe?“, versuchte Victor zu raten.

„Nein, es sind auch keine Schafe.“

„Dann müssen es Pferde sein…“ Victor gab sich geschlagen.

Der Mann zögerte. Er schaute auf den Staubwirbel, der über sie hereinbrach, und beschloss zu reden: „Es sind Frauen.“

Als Victor das hörte, hatte er den Verdacht, der Alte sei nicht richtig bei Verstand.

„Ich sehe Ziegen", sagte er, als die Herde in einer Entfernung von etwa fünfzig Metern anhielt.

„Es sind aber verzauberte Frauen", beharrte der Alte. „Nachts nehmen sie ihre wahre Gestalt an, die Gestalt von Mädchen. Wir befinden uns an einem Ort, der mehr dem Himmel als der Erde angehört. Und im Himmel sind solche Dinge möglich. Die Götter haben ihre Launen; sie sind Richter und sprechen ihr Urteil..."

Er zeigte auf den großen Berg und fuhr fort: „Dieser Vulkan ist ein Gott, eine Art von Gott: ein Zauberer, der einmal den guten Engel spielt und uns Wasser und Blumen schenkt und ein andermal seine Feuerzunge herausstreckt und alles verwüstet. Dann ist er Guayota, der Dämon in Person."

Die Ziegen näherten sich zu viert. Sie tranken das Wasser aus dem Trog und ließen sich zu Boden fallen um auszuruhen, wobei sie geschickt den Schatten der Ginsterbüsche nutzten. Vier von ihnen blieben bei dem Jungen und sahen ihn mit zärtlicher Traurigkeit an. Victor überkam ein Gefühl der Rührung, als er die sanften Mädchenaugen wiedererkannte, die ihn in der Nacht hypnotisiert hatten, und glaubte den Worten des Alten. Es sind verzauberte Frauen, dachte er, sagte aber nichts. Er wandte den Blick von den Ziegen ab und stand auf.

„Ich hole einen Krug, ich brauche Wasser. Ich sterbe vor Durst."

„Trink das Wasser aus dem Brunnen, es schmeckt nach Minze."

„Ja, gern", sagte der Junge und ging auf die Hütte zu.

Der Brunnen lag ein wenig abseits; Victor ließ ihn liegen und betrat, vom Sonnenlicht geblendet, das Refugium des Alten. Das Innere der Behausung mit den verrußten Wänden erschien ihm jetzt vollkommen schwarz, als ob es irgendwann einmal gebrannt hätte. Er ging zu der Ecke, wo die kleine Flamme des Öllichts flackerte und versank wieder in der Betrachtung des Bildes Unserer Lieben Frau vom Schnee und des heiß begehrten Veilchens.

Er tastete die Hemdtasche ab, um nachzusehen, ob er noch die Zigarettendose mit der im Wald gefundenen Vergissmeinnichtblüte hatte, und er wälzte Pläne, wie er dem Alten das kostbare Veilchen entwenden könne, das er jetzt, wo er sein hohes Alter kannte, als einen verzauberten Schatz ansah, der nie verwelken würde.

Wieder war er so weit, die Blume aus der Vase zu nehmen, als er ein leichtes Geräusch hörte, als ob etwas oder jemand gegen eine der Bänke gestoßen wäre. Erschreckt drehte er sich um und konnte erkennen, dass in der dunkelsten Ecke des armseligen Verschlags die wunderschönen funkelnden Augen einer Frau ihn voller Spannung beobachteten. Victor dachte an seine Mutter und an die himmlische Frau vom Schnee, und seine Hand erstarrte in der Luft, wenige Zentimeter von der schönen Blume des Vulkans entfernt.

8 Acht

ES VERSCHLUG IHM DIE SPRACHE: Victor hatte von seinem Vater einen Tausendpesetenschein bekommen, um sich ein paar fehlende Bücher kaufen zu können. Er beabsichtigte, wieder am Schulunterricht teilzunehmen; so wollte er versuchen, die Freundschaft mit Maggie wieder aufzunehmen. Gewiss würde sie sich über die Vergissmeinnichtblüte zur Vervollständigung ihrer Pflanzensammlung freuen; sie könnte sie an die Stelle legen, die eigentlich dem heiß begehrten Veilchen vorbehalten war. Außerdem könnte Victor ihr nun von dem geheimnisvollen Garten hoch über den Wolken berichten und von den Abenteuern erzählen, die er unter den verzauberten Wesen da oben erlebt hatte, und damit würde ihn die kleine Engländerin vielleicht nicht mehr als Feigling und verlogenen Sohn armer Bauersleute betrachten.

„Sieh mal, Großmutter!“, sagte der Junge und zeigte der Alten den Schein. „Hier war ich.“

Die Großmutter trat an den Tisch. Victor schüttelte die

Krumen von der Tischdecke und breitete den Tausendpesetenschein aus, als ob er ein grüner Teppich wäre.

„Was sagst du, wo du warst?"

„Hier." Und er zeigte auf die Landschaft, die auf einer Seite des Scheins zu sehen war. „Hier war ich, bei diesen hohen Felsen."

Beim ersten Hinschauen erkannte die Alte nur einen grünen Flecken auf dem rosa Tischtuch und dachte an die ehemalige Finca *Zu den Heiligen*. Dann sah sie genauer hin.

„Es ist doch nur ein Bild!", meinte sie schließlich ganz enttäuscht.

„Aber ein Bild der Wirklichkeit", beharrte der Junge. „Guck genau hin, Großmutter. Siehst du nicht den Berg im Hintergrund? Es ist der große Berg, derselbe, den du durch das Fenster siehst. Die Felsen, die den Riesen und Figuren mit den großen Köpfen auf unseren Umzügen gleichen, befinden sich auf der anderen Seite. Viel weiter hinten noch ist die Hütte des Mannes, der mir das Leben gerettet hat.

„Es wird schon so sein, wie du sagst", murmelte die Frau, der sich wegen des Alters die Gedanken verwirrten. „Für mich ist das ein Bild."

Nach einer Weile fragte sie: „Was hast du gesagt? Wer rettete dir das Leben?"

„Ein Mann mit einer Ziegenherde. Er lebt da oben ganz allein; er brachte mich in seine Unterkunft und behandelte meinen Sonnenstich."

„Das kann ich auch. Ich mache es mit einem Glas Wasser und einem Handtuch. Hast du gesehen, ob das Wasser kochte?"

„Ich war bewusstlos. Tot soll ich gewesen sein, wie er sagte. Er erzählte mir, dass er mich wieder ins Leben zurückgerufen habe, indem er mich in Melissengeist badete und ein paar Gebete sprach. Auch zündete er der Heiligen Jungfrau vom Schnee eine Kerze an."

„Das war gut. Sie hat dich wieder gesund gemacht", versicherte die Großmutter.

Dann herrschte eine Minute Stille, als ob ein Engel vorbeischwebte.

Die Großmutter wandte sich an ihren Sohn: „Hörst du, was der Junge erzählt?"

Der Mann brummte: „Er schwindelt. Da oben lebt niemand, nicht einmal die Heilige Jungfrau."

„Ihr könnt mir glauben, Vater. Dort oben lebt ein Mann, der mich in seine Hütte trug. In der Nacht zeigte er mir die Wege am Himmel, damit ich mich auf dem Heimweg orientieren könne und gesund und unbeschadet wieder hier ankäme."

„Vielleicht ist es der Gärtner, der den Ginster und den Teide-Lack pflegt, der im Garten über den Wolken wächst. Als du noch Bergführer warst, hast du mir Ginsterzweige und Teide-Lack mitgebracht."

„Der einzige Gärtner, den es da oben gibt, ist der Wind", versicherte Victors Vater.

„Und unser Herrgott", fügte die Großmutter hinzu.

Wieder wurde es still, und Victor versenkte sich in die Landschaft, die auf dem Tausendpesetenschein dargestellt war. Wieder wanderte er durch die Lavawüste.

Die Alte hörte einen Augenblick auf zu nähen, hob den Kopf und starrte zur Decke.

„Wie war er…? Wie war er noch…?" Sie gab sich Mühe, sich an etwas zu erinnern. „Vor vielen Jahren gab es einmal einen Mann…"

„Unsinn!“, murmelte der Sohn von Doña Inesita Rosa eigensinnig.

„Als du noch ein Kind warst“, sagte seine Mutter zu ihm, „sagte ich dir eine Litanei auf, die von einem Irren handelte, der im Gebirge lebte. Mir hat diese Geschichte meine Urgroßmutter erzählt. Wie war er noch, Señor? Wie hieß doch noch dieser Mann?“

„Juan Bay“, antwortete in barschem Ton ihr Sohn vom Fenster her.

„Genau so!“, rief die Alte vergnügt. „Da ich jetzt den Namen weiß, kommen mir auch die Worte.“

Sie begann mit den Fingern auf den Tisch zu trommeln und eine Ballade vorzutragen:

Der arme, arme Juan Bay,
der irre, irre Juan Bay,
lebte von der Freiheit, die ihm schenkte
der freie, freie Juan Bay.
Der mit den wirren Worten,
der Amsel auf der Schulter,
dem Lachen süß wie Wasser,
der Herde von hundert Frauen,
dem Blitzstrahl in der Flasche,
dem Feuer seiner Stimme,
dem Kreuzass in der Tasche…,
seine kräutergrünen Hände
gaben Lügen voller Hoffnung
an die Götterfreunde.
Der arme, arme Juan Bay,
der irre, irre Juan Bay,
abgehoben wie ein Geier

streifte täglich er den Himmel,
spielte Liebe hundertfach,
hing sein Herz in Ginsterbüsche,
malt' mit Schwefel auf Basalt,
schwelgte in Erde mit Milch und Honig,
weinte niemals und klagte auch nicht,
denn er besaß so viel.
Der arme, arme Juan Bay,
der irre, irre Juan Bay.

Die Alte machte eine Pause. Sie rückte sich das Kopftuch zurecht, fuhr sich mit der Hand über die nassen Lippen und fuhr fort:

Bis zur Quelle folgten die Ameisen seinen Schritten,
kitzelten ihn an den Füßen, damit er beim Mittagsschlaf lachen konnte,
während die Bienen sein Gesicht mit Honig bestrichen.
Weder Wände noch Türen hatte sein Palast,
weder Eingang noch Ausgang.
Überall bewohnte er ihn.

Der mit der Herde aus hundert Frauen,
deren Kleider ein Ziegenfell,
der mit der Amsel auf der Schulter
und kräutergrünen Händen…
Auf einem Basaltstein steht das einzige Wort,
das er schreiben konnte: LEHBEN.

Der arme, arme Juan Bay,
der irre, irre Juan Bay.
Gott überschüttete ihn mit Reichtum und Klugheit.

„Das war der Mann, den ich gesehen habe!“, versicherte Victor.

Die Großmutter hob schützend die Hand vor die Augen. Sie wurde von der Sonne geblendet, die sich durchs Fenster stahl.

„Dieser Mann war schon sehr alt, als meine Urgroßmutter mir von ihm erzählte.“

„Wenn er damals schon alt war, müsste er längst tot sein“, sagte Victors Vater überzeugt. „Sowohl die Sonne als der Mond da oben sind schuld daran, wenn man Gespenster sieht.“

„Vielleicht ist er noch gar nicht tot“, fügte die Alte hinzu. „Wie es schon im Lied heißt, war Juan Bay eine Seele von Mensch, und solche Menschen sterben nicht.“

„Unsinn, Mutter“, sagte der Mann und schaute wieder durchs Fenster auf den Berg.

Es war sehr früh am Morgen, als Victor aus dem Bett sprang. Er erfrischte sich mit kaltem Wasser und blieb vor dem kleinen Rasierspiegel seines Vaters stehen.. Dabei betrachtete er die feinen Stoppeln im Gesicht, bürstete sich die Brauen und frisierte sich mit Brillantine. Er stellte fest, dass er in wenigen Tagen viel kräftiger geworden und tüchtig gewachsen war. Obwohl er sich äußerst vorsichtig bewegte, um die Großmutter nicht aufzuwecken, war sie, als er aus dem Bad kam, schon in der Küche und machte Kaffee.

„Was hast du denn heute vor, so fein gemacht?“, fragte sie ihren Enkelsohn.

„Heute ist Montag, und ich gehe zur Schule.“

Die Alte nieste.

„Ist dir die Hand ausgerutscht, als du vom Duftwasser

deines Vaters nehmen wolltest?“, fragte sie und putzte sich die Nase.

Victor hatte den Pullover mit den roten und grünen Rhomben angezogen, den Señora Milton so sehr an ihm mochte. Auch Maggie gefiel er, obwohl sie, als sie ihn zum ersten Mal darin sah, spöttelnd bemerkte, er gleiche Picassos Harlekin.

Er trank seinen Kaffee und ließ das Brot mit Mortadella zur Hälfte übrig.

„Du musst mehr essen, Victor“, sagte die Alte schon seit einigen Tagen zu ihm. „Du bist mächtig in die Höhe geschossen“.

„Es kann sein, dass ich nicht zum Essen nach Hause komme. Wenn ich noch Zeit habe, gehe ich zur Villa der Engländerinnen, um Tante Ambrosina zu besuchen“, sagte er und verabschiedete sich hastig.

Er zupfte den Hemdkragen hervor und öffnete ihn wie die Flügel einer Taube.

Auf halbem Weg machte er die Zigarettendose auf. Das Vergissmeinnicht mit den blau-rosa Blüten war zusammengerollt wie der Schwanz eines Drachen, und Victor dachte, es würde sich gut an Maggies Ausschnitt machen. Sicher würde ihr das Geschenk gefallen. Da fiel ihm der wissenschaftliche Name ein: Myosotis discolor. Es wäre nicht schlecht, diesen lateinischen Brocken der eingebildeten Engländerin vor die Füße zu werfen; dann würde sie gewiss bemerken, dass er kein armer Bauer war, der nicht lesen und schreiben konnte.

Wie immer kam er erst in der Schule an, als es zum letzten Mal schellte. Er betrat das Klassenzimmer zusammen mit zwei ebenfalls verspäteten Kameraden. Die Schüler nahmen schon ihre Plätze ein, und Victor war angenehm überrascht, dass Maggie schon an ihrem gemeinsamen Pult saß, ganz als ob sie ihn erwartete.

Sie grüßten sich gerade mal mit einem schnellen Hallo und einem verkniffenen Lächeln.

Victor beobachtete sie verstohlen. Maggie war ein hübsches, attraktives Mädchen geworden. Von der Seite her hatte sie große Ähnlichkeit mit ihrer Mutter, und für einen Augenblick dachte Victor erfreut, neben Señora Milton zu sitzen. Doch in Maggies Gesicht zeigten sich bereits gewisse Anzeichen, die auf einen herrschsüchtigen, kalten Charakter schließen ließen. Sie hatte gelernt, die Brauen wie zum Zeichen überheblicher Gleichgültigkeit zu heben, und diesen Ausdruck hielt sie während des ganzen Unterrichts bei, wodurch sie sich den Anschein von konzentriertem Interesse an den Ausführungen des Lehrers gab.

Es war gerade Geologieunterricht und das Thema der Vulkanismus.

„… Diese Aschen, die zunächst noch heiß sind, backen zusammen und verschmelzen miteinander und bilden ebene Flächen und Gebirge, die durch die von Wasser und Wind erzeugte Erosion außergewöhnliche Formen annehmen, von den Geologen *demoiselles* oder *dames coiffées genannt*“, erklärte der Lehrer. „Dieses geologische Phänomen findet sich hoch oben im Bergmassiv unserer Insel, wo sich merkwürdige Naturkulissen gebildet haben, die als Mondlandschaften oder verzaubertes Land bekannt sind.“

Victor spitzte die Ohren, als er hörte, wie die fantastischen Orte und Gestalten bezeichnet wurden, die er vor kurzem bei seinem Ausflug auf der Suche nach dem Veilchen gesehen hatte. Er dachte an die engen Gänge des Irrgartens, wo schweigende Mönche an den Ecken standen. Er dachte an die Mädchen, die ihn eine ganze Nacht begleitet hatten… Dames coiffées?… Den sanften Blick von Juan Bays Ziegen…

„Erde, alles ist nichts als Erde, Staub und Felsen!", rief Maggie aus, als sie diese verrückten Geschichten hörte, die ihr auch Victor erzählt hatte.

Der Unterricht war zu Ende, und Victor begleitete sie bis zu dem dicken Eukalyptusbaum, wo sie immer wartete, bis sie abgeholt wurde. Auch der Baum war größer geworden, denn das in den Stamm geritzte Wort Maggie war jetzt so hoch, dass man es nicht mehr erreichen konnte.

Er erzählte ihr einiges von seinen Abenteuern und erwähnte die verzauberten Ziegen und das Veilchen, das er in der Hütte Juan Bays entdeckt hatte.

„Ich schwöre dir: Alles, was ich sage, ist wahr", versicherte Victor, der fast verzweifelte, weil die nüchterne Engländerin ihm einfach keinen Glauben schenken wollte.

„Erde und Steine und Staub und Felsen! Das ist alles, was es in deinem fantastischen Garten über den Wolken gibt!", beharrte Maggie verächtlich.

Victor fiel die Blume ein, die er ihr als Geschenk mitgebracht hatte und reichte ihr die Zigarettendose.

„Das ist für dich", sagte Victor, der sich schon etwas beruhigt hatte.

„Was ist das?", fragte sie neugierig. Begierig blitzten ihre Augen.

„Mach auf!"

Langsam begann sie die Dose zu öffnen.

„Vergissmeinnicht“, kam ihr Victor zuvor. „Myosotis discolor.“

Nun öffnete Maggie die Dose ganz und betrachtete das bescheidene blau-rosa Blümchen, das wie ein kleiner Drache aussah. Plötzlich wirkte sie ernst.

„Ich dachte, es wäre das Veilchen…“, sagte sie kaum hörbar.

„Die Vergissmeinnichtblüte ist ebenso wertvoll für deine Pflanzensammlung. Denk daran, der Lehrer hat gesagt, dass diese Spezies sehr selten und von gänzlichem Verschwinden bedroht ist.“

Maggie gab ihm die Blume zurück.

„Ich will sie nicht“, sagte sie. „Mein Herbarium ist geschlossen.“

Und mit einem traurigen Lächeln fügte sie hinzu: „Ich habe das Veilchen vom gläsernen Berg schon.“

Jetzt war es an Victor, ungläubig zu sein.

„Unmöglich…“, murmelte er. „Diese Blume ist verzaubert und … überhaupt, ich kann es nicht glauben, dass du sie bekommen hast!“

„Im vorigen Jahr, kurz vor Ende des Schuljahres, konnte ich meine Mutter überreden, mich eines Nachts zum großen Berg mitzunehmen.“

„Habt ihr die wilden Tiere gesehen, den Schuh der Königin und die verzauberten Mädchen? Und die Mönche…, die Krieger…?“

„Fantastereien. Steine und nochmals Steine. Das haben wir gesehen. Wir stießen auf keinerlei Hindernisse und pflückten das Veilchen. Es befand sich eine Elle tief unter dem Eis. Meine Mutter riss es aus, während ich mit einer Laterne leuchtete.“

„Und noch tiefer…? War da nicht…?“

„Da war ein toter Reiher…, ein Schneesturm wird ihn erwischt haben…“, erwiderte Maggie leichthin.

Victor stützte sich gegen den Eukalyptusstamm und schwieg.

In der Biegung der Straße tauchte der blaue Mercedes des Architekten Ponte auf. Er kam allein.

Vom Auto aus winkte Maggie Victor zu und rief: „Wenn du nicht glaubst, dass ich das Veilchen habe, komm zu mir nach Hause, und du wirst es sehen!“

Er ließ zwei Tage verstreichen, damit sein Besuch in der Villa Albion auf den Samstag fiel. Er ließ auch die Zeit für den Tee verstreichen und wählte den Augenblick, in dem die Sonne, die vom Meer kam, durchs Tal hinaufstieg und die Krone des alten Lorbeerbaums erreichte, das einzige pflanzliche Überbleibsel, Zeuge des Kampfes, der auf der Finca *Zu den Heiligen* in der Bananenplantage ausgetragen worden war.

Gern war Victor als Kind in seine Äste geklettert und hatte zugesehen, wie die Sonne langsam immer näher kam; zunächst berührte sie seine Füße, dann die Hände und die Arme, und weiter stieg sie im Baum und verteilte das wenige Licht, das ihr noch blieb, um auf den höchsten Blättern kleine Kerzen anzuzünden, bis sie, schon im Untergang begriffen, ihre lila Schwingen öffnete, als ob sie ein Bischofsvogel wäre, und dort erlosch sie, dunkel und zu Asche geworden, in welcher der Tag verglühte. Dann weinte Victor und wusste nicht, warum, und er weinte mehr vor Glück als vor Leid, und es war ein dankbares Klagen, das den Hauch einer fantastischen Geschichte hinterließ, wie die von den Fregatten, die in Mondnächten das Tal hinaufzogen, ohne Besatzung an Bord, aber mit einer Hundemeute, die stundenlang lärmend durch die Dörfer jagte, und die doch niemand zu Gesicht bekam. Victor erinnerte sich daran, wie er im Morgenlicht von den Ästen des Indischen Lorbeerbaumes aus die untergehenden Masten jener Fregatten sah, aber immer, wenn er seinen Freunden davon erzählen wollte, stand er denen gegenüber, die weder Tränen noch Träume kannten und ihm sagten, er sei verrückt und ein Idiot, wenn er Schiffe sähe, wo es in Wirklichkeit nur Araukarien gäbe.

Es war ein Fehler, so zu sein, und Victor sah es ein, aber mit der Zeit fasste er immer mehr Fuß in der Welt der schöpferischen Fantasie, und er begann, die Mörder seiner Träume zu hassen; er war überzeugt, dass sie Schuld daran hatten, wenn die Schönheit des Tals und der Insel zerstört wurden.

Am Fuß des schönen Lorbeerbaumes saß an einem kleinen Tisch aus Glas und Bambus ein Mann und blätterte in einer Zeitschrift. Victor versteckte sich hinter ein paar Hibiskussträuchern und wartete im stillen, milden Licht der Dämmerung, ob Señora Milton käme. Neidisch betrachtete er den Anzug des eleganten Herrn, der kein anderer als Don Evaristo war und Victor schlaflose Nächte bereitete, denn er war der Architekt der schrecklichen Villa Albion, die den geschmacklosen Bauten, die im Tal entstanden, als Vorbild diente. Señor Ponte trug einen Blazer aus blauem Wollstoff mit goldenen Knöpfen und grauer Hose, und Victor musste an eine Uniform denken, wie sie beim Aufmarsch im Olympiastadion getragen wird, und er vermutete einen Augenblick, der Architekt würde irgendeinen

Sport ausüben und dachte natürlich an Tennis. Vielleicht hatte er diesen Nachmittag mit Señora Milton gespielt? Victor fühlte eine Welle von Eifersucht in sich aufsteigen und ballte die Fäuste vor Wut; er fühlte sich nicht in der Lage, es mit diesem modischen Gecken, der in das Haus der Engländerinnen eingedrungen war, aufzunehmen.

„Zu jung!", flüsterte es in ihm.

Maggie kam aus dem Haus und ging durch den Garten auf den Lorbeerbaum zu. Victor sah, wie sich Señor Ponte und Maggie küssten. Dann ergriff sie seinen Arm, und sie spazierten langsam in Richtung Ausgang des Parks. Er trat hinter dem Strauch hervor, ehe sie ihn entdecken konnten. Es sah so aus, als ob er gerade ankäme. Maggie grüßte ihn beiläufig.

„Ah, Victor…!", rief sie linkisch. „Warte hier auf mich!… Ich will Señor Ponte verabschieden…"

Victor hörte genau, wie sie sagte: „Es ist der Neffe der Köchin. Er wird was zu bestellen haben."

Wenig später setzten sich Victor und Maggie auf die Terrasse, um im Park dem letzten Licht der Dämmerung zuzusehen. Sie schwiegen und lauschten dem Gesang einer Mönchsgrasmücke.

„Das ist unsere Nachtigall", erklärte Victor.

Sie blieb weiter stumm und blickte auf den großen gläsernen Berg, direkt gegenüber und doch so fern.

Nach einer Weile wollte Victor das Schweigen brechen, das ihn nervös machte, täuschte Begeisterung vor, die er in diesem Augenblick nicht empfand, und sagte: „Alles sieht wie Himbeereis aus!"

Sofort war ihm bewusst, dass er etwas sehr Dummes gesagt hatte.

„Du bist und bleibst ein Kind!“, rief Maggie ärgerlich aus.

Victor wurde rot, eher vor Wut als vor Scham.

„Wenn du nur hergekommen bist, um das Veilchen zu sehen, werde ich es dir auf der Stelle bringen“, sagte sie. Sie stand zornig auf und ging ins Haus.

Victor hätte sich fast verabschiedet, tat es aber nicht, denn in Wirklichkeit wollte er Señora Milton sehen. Ob sie wohl im Haus war? Wenn sie von seinem Besuch erführe, würde sie herauskommen und ihm Guten Tag sagen. Da war er sich sicher. Deshalb entschied er sich zu bleiben, trotz der Unannehmlichkeiten, die ihm die unsympathische Engländerin bescherte.

Maggie ließ nicht lange auf sich warten und legte ihm die große Sammelmappe mit den Pflanzen vor.

„Es ist auf der letzten Seite, als krönender Abschluss sozusagen. So gehört es sich doch, oder?“ Hochmütig zog sie eine Braue hoch.

„Ja, so ist es richtig“, bestätigte Victor und öffnete die schwere Mappe.

In der Tat, das Veilchen vom großen gläsernen Berg lag vor seinen Augen, aber Victor empfand eine schreckliche Wut, als er die verblichene Blüte sah; trocken war sie und faltig und vollkommen tot und nicht mehr zu erkennen. Darunter war in großen, kunstvoll gemalten Buchstaben der Name zu lesen und das Todesdatum: „Viola cheirantifolia, Juni 1950“.

Victor dachte an das lebendige, prächtige Veilchen, dass er in Juan Bays Hütte gesehen hatte, und mit Tränen in den Augen stieß er hervor: „Das ist ein Verbrechen!“

„Aber ich habe das am höchsten wachsende Veilchen ganz Spaniens!“, schrie Maggie in herausforderndem Ton.

Sie wusste, wie man Victor verletzen konnte und genoss es. Sie fuhr fort: „Das Veilchen war die längste Zeit Königin des Hochgebirges. Unser Freund, Don Evaristo Ponte, hat meiner Mutter versprochen, ihr ein Haus oben auf dem Gipfel zu bauen. Meine Mutter ist begeistert von dieser Idee und hat vor, sich mit Geranien zu umgeben, die ihre Lieblingsblumen sind."

„Don Evaristo ist der Mann, der dem Tal und der Insel den meisten Schaden zugefügt hat. Er sollte vor unserer schönen Natur mehr Respekt haben. Letztendlich ist auch er von dieser Insel."

„Aber in England ist er aufgewachsen und denkt modern und fortschrittlich, nicht so wie du; du steckst ja noch in den Kinderschuhen und spielst schon den großen Mann."

Victor verstand nicht, warum die Engländerin ihm gegenüber solchen Groll empfand. Vielleicht hatte sie die geheime Liebe erraten, die er für ihre Mutter fühlte?

Maggie fuhr mit ihren verletzenden Angriffen fort.

„Don Evaristo Ponte war ein enger Freund meines Vaters. Sie waren zusammen in Cambridge. Mein Vater studierte Ingenieurwesen und arbeitete in Italien, wo er Rennwagen entwarf. Das Rennen machte er zu seinem Beruf, und er war ein Ass am Steuer. Bei einer Rallye in Monaco kam er ums Leben. Ausgerechnet mit dem Bugatti, den er entworfen hatte. Eben solch einer steht bei uns in der Garage."

Maggie zitterte leicht, als ob ihr kalt wäre.

„Entschuldige, wegen mir musst du jetzt an den Tod deines Vaters denken…", sagte Victor mit aufrichtigem Bedauern.

„Nicht so schlimm. Manchmal denke ich bewusst daran, damit mir die Albträume vergehen."

Victor wurde plötzlich hellwach. Die Träume anderer Menschen interessierten ihn sehr. Vielleicht könnte er durch Maggies Träume etwas mehr über Señora Milton erfahren.

„Was träumst du?“, fragte er gespannt.

„Immer dasselbe. Da ist eine riesengroße Ebene, wie eine Piste aus schwarzem Glas. Am Horizont erscheint ein roter Rennwagen, der mit hoher Geschwindigkeit auf mich zu rast. Dann bekomme ich schreckliche Angst und werde wach.“

„Fürchtest du, dass er dich überfährt?“

„Nein, die Angst packt mich, wenn ich entdecke, dass der Wagen leer ist und niemand am Steuer sitzt.“

Am Himmel klappten die letzten Sonnenstrahlen wie ein Fächer zusammen.

Victor war nachdenklich geworden. Er beobachtete die Schatten, die sich im Park wie große blaue Saurier bewegten, welche die restlichen Lichtflecken wie Schneckengehäuse verschlangen.

„Hast du diesen Traum schon dein ganzes Leben geträumt?“

„Er begann nach der Nacht, als wir ins Gebirge fuhren, um das Veilchen zu suchen.“

„Und was ist da passiert?“

Maggie spielte nervös mit den Händen, als ob sie einen Punkt suchte, an dem sie sich an sich selbst festhalten könnte.

„Ich weiß es nicht; ich erinnere mich nur, dass wir auf dem Rückweg verteufelt schnell fuhren. Wir lachten glücklich. Meine Mutter hatte sich das Veilchen in den Ausschnitt gesteckt. Für einen Augenblick wandte sie sich nach mir um; da sah ich, wie das Veilchen riesengroß wurde, so groß wie der Himmel, und in einer blau lodernden Flamme zerplatzte."

Maggie verstummte und sah Victor an. Sie war im Begriff, in Tränen auszubrechen.

Victor wurde von plötzlichem Entsetzen ergriffen. Auf der Terrasse erschien Señora Milton und reichte ihm die Hand zum Kuss. Greta Castle schob den Rollstuhl…

Auf Señora Miltons Lippen zeigte sich ein trauriges, resigniertes Lächeln. Als Victor die sanften Finger der englischen Dame zwischen seinen Händen spürte, konnte er ein Schluchzen nicht unterdrücken, und mit dem Kuss fiel eine Träne auf den Diamanten des Ringes, der vor den erstaunten Augen Victors zu wachsen begann, bis er sich in den großen gläsernen Berg verwandelt hatte, in dessen Innerem er sich für alle Ewigkeit gefangen sah, während er verzweifelt nach Señora Milton schrie. Er wusste nun, dass ihrer beider Geschick Gottes Händen entglitten war. Ebenso wie die Zukunft des Tales und der Insel. Es fielen ihm die Verse des französischen Dichters ein, der seinerzeit den großen Berg bestiegen hatte, Verse, die sein Vater in Augenblicken der Entrückung gesprochen hatte, während er, in den Fesseln seiner ewigen Trauer, aus dem Fenster schaute:

Alle Straßen in die Unendlichkeit, alle Quellen,
alle Strahlen kommen von dir, Koh-I-Noor, schöner Gipfel,
*der aus einem einzigen zitternden Diamanten besteht.**

* * *

*Aus: André Breton, *L'Amour fou*

Nachwort der Übersetzerin

Die Erzählung „Der Reiher und das Veilchen" (Ersterscheinung 1996 bei Santillana) beschreibt die Insel Teneriffa zur Zeit des Touristeneinbruchs in den 50-er Jahren des vergangenen Jahrhunderts. Das führt zu Konflikten zwischen Einheimischen und ersten Reisenden. Die Einflüsse von außen verwirren die Bewohner, ziehen sie aber auch an. Zwei Welten stoßen aufeinander. Der Guanchengott Guayote nimmt Rache und weist die anmaßenden Eindringlinge in ihre Schranken.

Es handelt sich nicht nur um eine spannende Geschichte, sondern auch um den literarischen Reiseführer eines kanarischen Poeten. Rafael Arozarena berichtet über alte Inseltraditionen und enthüllt dem Leser die realen Wunder der magischen Vulkanwelt des Teide, der mit seinen 3718 m Höhe der höchste Berg Spaniens ist. Die Übersetzerin mochte den Beschreibungen Arozarenas zunächst keinen Glauben schenken und siedelte sie in der Fiktion an. Der Zufall wollte, dass sie just zu der Zeit in Begleitung des Autors den Berg erklomm, als die Flanken des Vulkans ein einziger duftender Garten „hoch über den Wolken" waren, und sie selbst wurde „von dem übersüßen Schwaden des Ginsters verhext". (Um den Leser nicht vergebens nach der Duftspur des Berges suchen zu lassen: das war Anfang Juni). Seitdem weiß sie, dass Fiktion und Wirklichkeit eins sein können.

Unten in der Hauptstadt Santa Cruz im Museo de la Naturaleza, an dessen Einrichtung Rafael Arozarena seinerzeit aktiv beteiligt war, kann man dann vertiefen, was einen da oben an Gesteinsformationen und endemischen Pflanzen beeindruckt hat. Auch für die legendäre Balladenfigur des Juan Bay gibt es einen realen Hintergrund. Man findet sein Foto im Besucherzentrum in den Cañadas. Es war der Hirte Juan Evora. Es gibt dort auch Informationsmaterial zur Vegetation.

Rafael Arozarena wurde 1923 auf Teneriffa geboren, wo er noch heute lebt und aktiv das Kulturleben der Insel mitgestaltet. Mehrere seiner Werke gehören zum Lektürekanon an Kanarischen Gymnasien. Heute noch bereist er die Inseln und hält viel beachtete Vorträge zu seinen Werken. Er ist Mitglied der Academia Canaria de la Lengua, erhielt 1988 den Literaturpreis Premio Canarias und wurde für sein Erstlingswerk *Mararía* 1972 für den Premio Nadal, einen bedeutenden spanischen Literaturpreis, vorgeschlagen. Im vorliegenden Werk, mehr aber noch in seinen Romanen, ist die Beeinflussung des Autors durch den französischen Surrealismus unverkennbar. – Seine Bücher lassen in ihrer Farbigkeit erkennen, dass er auch Maler ist. Im vergangenen Jahr gab es eine große Ausstellung seiner Gemälde auf Lanzarote, 2004 folgt eine zweite.

Bisher erschienen in deutscher Sprache vom selben Autor:
Mararía. Lübbe Verlag 1998 (der Roman für Lanzaroteliebhaber, sein meist beachtetes Werk)
Bier aus rotem Korn. ebd. 2002 (ein surrealistischer Roman mit dem realen Kern der Francozeit; Arozarenas Lieblingsroman)

Der Reiher und das Veilchen. Horlemann Verlag 2004 (unverzichtbar für Teneriffaliebhaber)
Cuentos. InterSeptem Canarias 2003
Poesías ebd. 2003 *(beide Ausgaben z.Z. nur in Spanisch)*

Der Schwerpunkt des Autors liegt in der Lyrik. Hier sind zahlreiche Gedichtbände erschienen.

Gern wird sich auch der deutsche Leser verzaubern lassen, wenn er mit den Augen Arozarenas den Teide entdeckt, „den großen Vulkan der Insel, da oben in den Wolken, eine geheimnisvolle gläserne Pyramide", ... „die in den letzten Strahlen der Sonne zu dunkler blauer Asche verglüht".

Gerta Neuroth

Der Autor

Rafael Arozarena (Foto)

Zahlreiche Wechselfälle bestimmten das Leben des Autors, wodurch seine Literatur eine besondere Dynamik erfährt. Während er in jungen Jahren zunächst Kriminalgeschichten schrieb, wandte er sich bald der Lyrik zu und verfasste auch mehrere Romane. Wichtige außerliterarische Stationen des Künstlers sind seine Arbeit als Krankenpfleger und seine Tätigkeit als Insektenforscher. Seinen Vater, der ihn gerne als Arzt gesehen hätte, muss er sehr enttäuscht haben, als er ihm kategorisch erklärte: „Quiero ser poeta" – „Dichter will ich werden!" Dieser Maxime ist er ein Leben lang treu geblieben.

Huilo Ruales Hualca

Fetisch und Fantosch

Kurzroman und zwei Erzählungen aus Ecuador

160 S., gebunden, ISBN 3-89502-108-3

David Hernández

Putolión.
Die letzte Reise des Schamanen

Roman aus El Salvador

192 S., Broschur, ISBN 3-89502-166-0

Evelyne Accad

Die Beschnittene

Roman aus dem Libanon

140 S., Englische Broschur, ISBN 3-89502-129-6

Andrée Chedid

Verschüttet

Roman aus dem Libanon

200 S., gebunden, ISBN 3-89502-114-8